JACQUES Y SU AMO

AF727397

Obras de Milan Kundera
en Maxi

La insoportable levedad del ser
El libro de los amores ridículos
El arte de la novela
La inmortalidad
La ignorancia
La despedida
La lentitud
La identidad
La broma
La fiesta de la insignificancia
El libro de la risa y el olvido
La vida está en otra parte
Los testamentos traicionados
Un encuentro
El telón
Jacques y su amo

MILAN KUNDERA
JACQUES Y SU AMO

Traducción del francés
de Enrique Sordo

MAXI
TUSQUETS
EDITORES

PEFC Certificado

Este libro procede de bosques gestionados de forma sostenible

PEFC

PEFC/14-38-00305 www.pefc.es

Título original: *Jacques et son maître. Hommage à Denis Diderot en trois actes*

1.ª edición en colección Marginales: noviembre de 1986
1.ª edición en Fábula: noviembre de 2008
1.ª edición en esta presentación en colección Maxi: octubre de 2024

© 1981, Milan Kundera. Todos los derechos reservados

Diseño e ilustración de la cubierta: © 2012, 2024, Milan Kundera

Adaptación de la cubierta: Maxi Tusquets / Área Editorial Grupo Planeta

Traducción de *Jacques y su amo*: Enrique Sordo
Traducción de la *Introducción a una variación*: Paula Brines
Traducción de *Variaciones sobre el arte de la variación* (de François Ricard)
y de *Nota del autor sobre la historia de Jacques y su amo*: Javier Albiñana

Reservados todos los derechos de esta edición para
Tusquets Editores, S. A. - Av. Diagonal, 662-664 - 08034 Barcelona
www.maxitusquets.com

ISBN: 978-84-1107-514-5
Depósito legal: B. 14.343-2024
Impresión y encuadernación: QP Print
Printed in Spain - Impreso en España

Queda rigurosamente prohibida cualquier forma de reproducción, distribución, comunicación pública o transformación total o parcial de esta obra sin el permiso escrito de los titulares de los derechos de explotación. Queda también rigurosamente prohibida cualquier adaptación cinematográfica, teatral, televisiva y radiofónica.

BIOGRAFÍA

Milan Kundera (1929-2023) nació en la República Checa y vivió en Francia desde 1975 hasta su muerte.

Índice

Introducción a una variación

1

Cuando los rusos ocuparon, en 1968, mi pequeño país, todos mis libros quedaron prohibidos y, de golpe, ya no tuve posibilidad legal alguna de ganarme la vida. Varias personas quisieron ayudarme: un día, un director de teatro fue a verme para proponerme que escribiera, con su nombre, una adaptación teatral de *El idiota* de Dostoievski.

Volví, pues, a releer El idiota y comprendí que, incluso si tuviera que morirme de hambre, no podría hacer ese trabajo. Aquel universo de gestos excesivos, de profundidades oscuras, de sentimentalidad agresiva, me repugnaba. Sentí, repentina e inexplicablemente, nostalgia de Jacques el Fatalista.

–¿No preferiría usted un Diderot a un Dostoievski?

Él no lo prefería. Yo, en cambio, no pude deshacerme de aquel extraño deseo; con el fin de permanecer el mayor tiempo posible en compañía de Jacques y su amo, empecé a imaginarlos como a personajes de mi propia obra de teatro.

2

¿Por qué esa repentina aversión por Dostoievski? ¿Reflejo antirruso de un checo traumatizado por la ocupación de su país? No, ya que nunca dejé de amar a Chejov. ¿Dudas acerca del valor estético de su obra? No, ya que mi aversión, que me sorprendió a mí mismo, no pretendía ser en absoluto objetiva.

Lo que me irritaba de Dostoievski era el *clima* de sus libros; el universo en el que todo se vuelve sentimiento; en otras palabras: en el que se eleva el sentimiento al rango de valor y verdad. Era en el tercer día de la ocupación. Me encontraba en mi coche entre Praga y Budejovice (ciudad donde Camus situó *El malentendido).* Por las carreteras, los campos, los bosques, por todas partes acampaban soldados de infantería rusos. Detuvieron mi coche. Tres soldados se pusieron a hurgar en él. Una vez terminada la operación, el oficial que la había ordenado me preguntó en ruso: «*Kak chuvstvuyetyece?*», o sea: «¿Cómo se siente? ¿Cuáles son sus sentimientos?». La pregunta no era ni malintencionada ni irónica. Por el contrario, continuó el oficial: «Todo esto es un gran malentendido. Pero se arreglará. Debe saber que amamos a los checos. ¡Les amamos!».

El paisaje devastado por miles de tanques, el porvenir del país comprometido durante siglos, los hombres de Estado checos detenidos y secuestrados, ¡y el oficial del ejército de ocupación me suelta una declaración de amor! Compréndanme bien: no quiso expresar un desacuerdo con la invasión, no, en absoluto. Todos hablaban más o menos como él: su actitud no se cimentaba en el placer sádico de los violadores, sino en otro arquetipo: el del amor herido: ¿Por qué esos checos (¡a los que tanto amamos!) no quieren vivir con nosotros y de la misma forma que nosotros? ¡Qué pena que haya sido necesario recurrir a los tanques para enseñarles lo que es el amor!

3

La sensibilidad le es indispensable al hombre, pero se vuelve temible en cuanto se la considera un valor, un criterio de la verdad, la justificación de un comportamiento. Los sentimientos nacionales más nobles están a punto para justificar los peores horrores; y, con el pecho inflado de sentimientos líricos, el hombre comete bajezas en el sagrado nombre del amor.

La sensibilidad que reemplaza al pensamiento racional pasa a ser el fundamento mismo de la incomprensión y de la intolerancia; pasa a ser, como dijo Carl Gustav Jung, la «superestructura de la brutalidad». La elevación del sentimiento al rango de valor se remonta muy lejos, tal vez hasta el momento en que el cristianismo se separó del judaísmo. «Ama a Dios y haz lo que quieras», dijo san Agustín. La célebre frase es reveladora: el criterio de la verdad se desplaza así del exterior al interior: cae en lo arbitrario de lo subjetivo. La vaguedad del sentimiento de amor («¡Ama a Dios!», imperativo cristiano) reemplaza la claridad de la Ley (imperativo del judaísmo) y se convierte en el muy impreciso criterio de la moral.

La historia de la sociedad cristiana es una escuela milenaria de sensibilidad: Jesús en la cruz nos enseñó a adular el sufrimiento; la poesía caballeresca descubrió el amor; la familia burguesa nos hizo sentir la nostalgia del hogar; la demagogia política consiguió «sentimentalizar» la voluntad de poder. Es toda esta larga historia la que ha moldeado la riqueza, la fuerza y la belleza de nuestros sentimientos.

Pero, a partir del Renacimiento, la sensibilidad occidental quedó equilibrada por un espíritu complementario: el de la razón y la duda, del juego y la relatividad de las cosas humanas. Es entonces cuando Occidente entra en su plenitud.

En su célebre discurso en Harvard, Solzhenitsyn situó el inicio de la crisis de Occidente precisamente en esa época del Renacimiento. Es Rusia, en tanto que civilización particular, la que se expresa y se revela en este juicio; en efecto, su historia se distingue de la de Occidente precisamente por la ausencia del Renacimiento y del espíritu que surgió de él. Por ese motivo, la mentalidad rusa conoce otro equilibrio entre la racionalidad y la sensibilidad; en este otro equilibrio (o desequilibrio) se encuentra el célebre misterio del alma rusa (tanto de su profundidad como de su brutalidad).

Cuando la pesada irracionalidad rusa cayó sobre mi país, sentí la necesidad instintiva de respirar hondo el espíritu de los Tiempos Modernos occidentales. Y me parecía que no estaría nunca tan concentrado en semejante densidad como en este festín de inteligencia, humor y fantasía que es *Jacques el Fatalista.*

4

Si tuviera que definirme, diría que soy un hedonista atrapado en un mundo en extremo politizado. Es la situación que cuentan los relatos de mi *Libro de los amores ridículos,* al que amo, por otra parte, más que a todas mis demás obras, porque refleja el periodo más feliz de mi vida. Curiosa coincidencia: terminé el último de los relatos (los escribí durante los años sesenta) tres días antes de la llegada de los rusos.

Cuando, en 1970, apareció la edición francesa de este libro, la crítica evocó la tradición del Siglo de las Luces. Conmovido por esta comparación, repetí a continuación, con un apresuramiento un poco infantil, que amaba el siglo XVIII. La verdad es que no amo tanto el siglo XVIII, amo a Diderot. Y, para ser aún más sincero: amo sus novelas. Y todavía con mayor precisión: amo *Jacques el Fatalista.*

Esta visión de la obra de Diderot es sin duda demasiado personal, pero quizá no sea injustificada: en efecto, uno puede pasarse sin el Diderot autor de teatro; en rigor, se puede comprender la historia de la filosofía sin conocer los ensayos del gran enciclopedista; pero insisto: la historia de la novela permaneceria incomprendida e incompleta sin *Jacques el Fatalista.* Diría incluso que esta obra ha sufrido los inconvenientes de ser examinada exclusivamente en el conjunto de la escritura diderotiana y no en el contexto de la novela mundial; su auténtico valor sólo puede percibirse al lado de un *Don Quijote* o de un *Tom Jones,* de un *Ulises o* de un *Ferdydurke.*

Se me objetará que, al lado de las demás actividades de Diderot, su *Jacques el Fatalista* era más bien un *divertimento,* y que estaba además fuertemente influenciado por su gran modelo: *Tristram Shandy* de Laurence Sterne.

5

Oigo decir con frecuencia que la novela ha agotado ya todas sus posibilidades. Tengo la impresión contraria: durante los cuatrocientos años de su historia, la novela *falló* en muchas de sus posibilidades: desaprovechó muchas grandes ocasiones, olvidó caminos y desatendió llamamientos.

Tristram Shandy de Laurence Sterne es uno de esos grandes impulsos perdidos. La historia de la novela ha explotado hasta el final el ejemplo de Samuel Richardson, quien, en la forma de «novela por cartas», descubrió las posibilidades psicológicas del arte novelesco. Por el contrario, prestó muy poca atención a la perspectiva contenida en la empresa de Sterne.

Tristram Shandy es una novela-juego. Sterne se detiene largamente en el periodo de la concepción y del nacimiento de su protagonista y, en cuanto nace, abandona con descaro, y casi para siempre, la historia de su vida; conversa con su lector y se pierde en infinitas digresiones; empieza a contar un episodio sin jamás terminarlo; inserta la dedicatoria y el prólogo en mitad del libro, etc.

En fin: Sterne no construye su relato sobre la *unidad de acción,* principio automáticamente considerado inherente a la noción misma de la novela. La novela, ese gran juego con personajes inventados, es para él ilimitada libertad de invención formal.

Un crítico norteamericano, para defender a Laurence Sterne, escribió: «Tristram Shandy, *although it is a comedy, is a serious work, and it is serious throughout*». Dios mío, explíquenme, ¿qué es una comedia seria y qué es una comedia que no lo es? La frase citada está vacía de sentido, pero traiciona perfectamente el pánico que se apodera de la crítica literaria ante todo lo que no parece serio.

Pues bien, quiero decirlo imperativamente: ninguna novela digna de ese nombre se toma el mundo en serio. Además, ¿qué quiere decir «tomarse el mundo en serio»? Quiere seguramente decir: creer en lo que el mundo quiere hacernos creer. Desde *Don Quijote* hasta *Ulises,* la novela cuestiona lo que el mundo quiere hacernos creer.

Pero se me puede decir: una novela puede negarse a creer en lo que el mundo quiere hacernos creer y, asimismo, conservar la fe en su propia verdad; puede no tomarse el mundo en serio y ser seria ella misma.

Pero ¿qué es «ser serio»? Es serio el que cree en lo que hace creer a los demás.

Precisamente, éste no es el caso de *Tristram Shandy;* esta obra, por volver una vez más al crítico norteamericano, es no-seria *throughout,* enteramente; no nos hace creer en nada: ni en la verdad de sus personajes, ni en la verdad de su autor, ni en la verdad de la novela en tanto que género literario: *todo* se cuestiona, *todo* se pone en duda, *todo* es juego, *todo* es diversión (sin avergonzarse de divertir) y ello con *todas* las consecuencias que implica para la forma de la novela.

Sterne descubrió las inmensas posibilidades lúdicas de la novela y abrió así una nueva vía en la evolución de ésta. Pero nadie oyó su «invitación al viaje». Nadie lo siguió. Nadie, salvo Diderot.

Sólo él fue sensible a ese llamamiento de lo nuevo. Y sería absurdo menospreciar por ello su originalidad. Nadie se cuestiona su originalidad a un Rousseau, a un Laclos, a un Goethe, con el pretexto de que debían mucho (ellos y toda la evolución de la novela) al ejemplo del viejo e ingenuo Richardson. Si el parecido entre Sterne y Diderot sorprende tanto, es que su empresa común permaneció, en la historia de la novela, totalmente aislada.

6

Las diferencias entre *Tristram Shandy* y *Jacques el Fatalista* no son, por otra parte, menos importantes que las similitudes.

Hay ante todo *una diferencia de temperamento:* Sterne es lento; su método es el de la desaceleración; su óptica es el microscopio (sabe detener el tiempo y aislar un único segundo de la vida, como lo hará más tarde James Joyce).

Diderot es rápido; su método es el de la aceleración; su óptica es el telescopio (no conozco principio más fascinante para una novela que las primeras páginas de *Jacques el Fatalista:* el virtuoso cambio de registros; el sentido del ritmo; el *prestissimo* de las primeras frases).

Hay también *una diferencia de estructura: Tristram Shandy* es el monólogo de un único narrador, el propio Tristram. Sterne sigue minuciosamente todos los vericuetos de su extraño pensamiento.

En Diderot, cinco narradores, interrumpiéndose el uno al otro, cuentan las historias de la novela: el propio autor (dialogando con su lector); el amo (dialogando con Jacques); Jacques (dialogando con su amo); la posadera (dialogando con su auditorio); y el marqués des Arcis. El procedimiento dominante de todas las historias particulares es el diálogo (su virtuosismo no tiene igual). Pero los narradores cuentan estos diálogos dialogando (los diálogos están engastados en un diálogo), de manera que el conjunto de la novela no es sino una inmensa conversación en voz alta.

Hay además *una diferencia de espíritu:* el libro del vicario Sterne es un compromiso entre el espíritu libertino y el espíritu sentimental, es un recuerdo nostálgico de la alegría rabelaisiana en la antecámara púdica de la época victoriana.

La novela de Diderot es una exposición de impertinente libertad sin autocensura y de erotismo sin coartada sentimental.

Hay, finalmente, *una diferencia de grado de la ilusión realista:* Sterne trastorna la cronología, pero los hechos están sólidamente anclados en el tiempo y en el lugar. Los personajes son extraños, pero provistos de todo lo que puede hacernos creer en su existencia real.

Diderot crea un espacio jamás visto antes de él en la historia de la novela: es *un escenario sin decorado:* ¿de dónde han venido? No se sabe. ¿Cómo se llaman? No nos concierne. ¿Qué edad tienen? No, Diderot no hace nada para hacernos creer que sus personajes existen realmente y en un momento determinado. En toda la historia de la novela mundial, *Jacques el Fatalista* es el rechazo más radical tanto de la ilusión realista como de la estética de la novela llamada psicológica.

7

La práctica del *Reader's Rigest* refleja fielmente las tendencias profundas de nuestro tiempo y me hace pensar que, un día, toda la cultura pasada será enteramente reescrita y totalmente olvidada detrás de su *rewriting.* Las adaptaciones cinematográficas y teatrales de las grandes novelas no son sino *Reader's Digest sui generis.*

No se trata de defender la intocable virginidad de las obras de arte. Naturalmente, Shakespeare, él también, reescribió obras creadas por otros. Pero no hizo «adaptaciones»; se sirvió de una obra para convertirla en tema de su propia «variación», de la que era autor soberano. Diderot tomó prestada a Sterne toda la historia de Jacques herido en la rodilla, transportado por una carretilla y cuidado por una hermosa mujer. Pero, al hacerlo, no la imitó ni la adaptó. Escribió una variación sobre el tema de Sterne.

En cambio, las transposiciones de *Ana Karenina* al teatro o al cine, que todos conocemos, son adaptaciones, o sea reducciones. Cuanto más quiere el adaptador permanecer discretamente oculto detrás de la novela, más la traiciona. Al reducirla, le quita no sólo su encanto, sino su sentido.

Sigamos con Tolstói: de una manera radicalmente nueva en la historia de la novela planteó la cuestión de la acción humana; descubrió la importancia fatal, para una decisión, de las causas racionalmente inasibles. ¿Por qué se suicida Ana? Tolstói llega incluso a recurrir a un monólogo interior, muy joyciano, para demostrar el tejido de las motivaciones *irracionales* que teledirigieron a su protagonista. Ahora bien, todas las adaptaciones de esta novela, necesariamente, por la naturaleza misma del *Reader's Digest,* intentan hacer claras y *lógicas* las causas del comportamiento de Ana, y *racionalizarlas;* así, la adaptación se convierte en negación pura y simple de la originalidad de la novela.

También puede decirse a la inversa: que el sentido de la novela sobreviva a su *rewriting* es la prueba indirecta del mediocre valor de la novela. Ahora bien, en la literatura mundial, hay dos novelas que son absolutamente irreductibles, totalmente *unrewritables*: *Tristram Shandy* y *Jacques el Fatalista*. ¿Cómo simplificar este desorden genial para que quede algo de él? Y ¿qué debe quedar?

Se puede, es cierto, separar la historia de Madame de La Pommeraye y convertirla en una obra de teatro o en una película (lo cual, por otra parte, ya se ha hecho). Pero lo que se obtiene ya no es sino una anécdota trivial, desprovista de todo su encanto. En efecto, la belleza de esta historia es inseparable de la *manera* en que Diderot la cuenta: 1) una mujer del pueblo relata hechos que tienen lugar en un ambiente que le es ajeno; 2) toda identificación melodramática con los personajes es imposible, ya que el relato está perpetua e incongruentemente interrumpido por otras anécdotas y otros comentarios, y, también, 3) continuamente comentado, analizado y discutido; 4) cada uno de los comentadores saca una conclusión distinta, ya que la historia de Madame de La Pommeraye es una *antimoralidad*.

¿Por qué extenderme sobre todo esto? Porque quiero exclamar para mí, como el amo de Jacques: «¡Que mueran todos aquellos que se permiten reescribir lo que ha sido escrito! ¡Que sean castrados y que se les corten las orejas!»

8

Y, por supuesto, también para decir que *Jacques y su amo* no es una adaptación: es mi propia obra, mi propia «variación sobre Diderot», o, ya que fue concebida en un estado de admiración, mi «homenaje a Diderot».

Esta «variación-homenaje» es un encuentro múltiple: el de dos escritores, pero también el de dos siglos. Y el de la novela y el teatro. La forma de una obra dramática siempre fue mucho más rígida y normativa que la de la novela. El teatro jamás tuvo su Laurence Sterne. Escribí, pues, no sólo un «homenaje a Diderot», sino también un «homenaje a la novela», procurando otorgar a mi comedia esa libertad formal que el Diderot-novelista descubrió y que el Diderot-autor de teatro jamás conoció.

Ésta es la construcción: sobre la base frágil del viaje de Jacques y su amo se asientan tres historias de amor: la del amo, la de Jacques y la de Madame de La Pommeraye. Mientras las dos primeras están ligeramente (la segunda incluso muy ligeramente) vinculadas al final del viaje, la tercera, que ocupa todo el segundo acto, es, desde el punto de vista técnico, un puro y simple episodio (no forma parte integrante de la acción principal). Es una evidente trasgresión de lo que se llaman las leyes de la construcción dramática. Pero es precisamente en este punto en el que vi mi desafío:

renunciar a la unidad estricta de la acción y crear la coherencia del conjunto por medios más sutiles: por la técnica de la polifonía (las tres historias no se relatan sucesivamente, sino entremezcladas) y por la técnica de las variaciones (de hecho, cada una de las tres historias es una variación de la otra). (Así, esta obra, que es una «variación sobre Diderot», es a la vez un «homenaje a la técnica de las variaciones», de la misma forma que lo fue, siete años más tarde, mi novela *El libro de la risa y el olvido.)*

9

Para un autor checo, en los años setenta, era extraño pensar que *Jaques el Fatalista* (escrito, también, en los años setenta) jamás había sido impreso en vida de su autor y que tan sólo copias manuscritas habían podido entonces ser distribuidas a un público limitado y confidencial. Lo que en la época de Diderot fue una excepción ha pasado a ser, doscientos años después, en Praga, el destino común de todos los escritores checos importantes, quienes, proscritos de las imprentas, no pueden ver sus libros más que mecanografiados. Esto empezó con la invasión rusa, esto continúa y, según todo parece indicar, esto continuará.

Escribí *Jacques y su amo* para mi íntimo placer y, tal vez, con la vaga idea de que un día podría representarse en un teatro checo bajo seudónimo. A modo de firma, dispersé en el texto (¡aún otro juego, otra variación!) algunos recuerdos de mis obras precedentes: la pareja que forman Jacques y su amo es la evocación de la pareja de amigos de «La dorada manzana del eterno deseo» *(El libro de los amores ridículos);* hay una alusión a *La vida está en otra parte* y otra a *La despedida.* Sí, eran recuerdos; toda la obra era la despedida a mi vida de escritor, «despedida en forma de *divertimento*».[1] *La despedida,* la novela que terminé más o menos a la vez, debía ser mi última novela. No obstante, viví este periodo sin el gusto amargo de un fracaso personal, hasta tal punto la despedida privada se confundía con otra inmensa, y que me superaba:

frente a la eternidad de la noche rusa, viví en Praga el final violento de la cultura occidental, tal como había sido concebida al alba de los Tiempos Modernos, cimentada sobre el individuo y sobre su razón, sobre el pluralismo del pensamiento y sobre la tolerancia. En un pequeño país occidental viví el final de Occidente. Era ésta la gran despedida.

10

Teniendo por escudero a un campesino ilustrado, Don Quijote salió un día de su casa para luchar contra sus enemigos. Ciento cincuenta años después, Toby

1. Georges Werler fue entonces a verme a Praga. Le entregué *Jacques y su amo* para que la obra quedara depositada en cualquier lugar en el extranjero, protegida de los registros a los que me sometían. La traducción al francés es reciente. La hice gracias a los inapreciables conse-

Shandy convirtió su jardín en una gran maqueta de un campo de batalla; allí, se entregaba a los recuerdos de su juventud guerrera, fielmente asistido por su sirviente Trim. Éste cojeaba exactamente igual que Jacques, quien, diez años después, entretuvo a su amo durante su viaje. Era tan terco el parlanchín como, ciento cincuenta años después, en el ejército austrohúngaro, el ordenanza Josef Svejk, quien entretuvo y horrorizó a su amo, el lugarteniente Lukac. Treinta años después, esperando a Godot, Vladimir y su sirviente se encuentran ya solos en el escenario del mundo. El viaje ha terminado.

El sirviente y su amo atravesaron toda la historia occidental moderna. En Praga, ciudad de la gran despedida, oía alejarse sus risas. Con amor y angustia, me aferraba a esas risas como se aferra uno a las cosas frágiles y perecederas, y que están condenadas.

París, julio de 1981

---

jos lingüísticos de mis amigos Francois Kérel y Marc Grunebaum, a quienes doy las gracias de todo corazón.

Jacques y su amo
Homenaje a Denis Diderot en tres actos

Personajes

Jacques
El Amo de Jacques
La Posadera
El Caballero de Saint-Ouen
Diantre hijo
Diantre padre
Justine
El Marqués
La Madre
La Hija
Agathe
La madre de Agathe
El padre de Agathe
El Comisario
El Juez

(*Jacques y su amo* se estrenó en el Théâtre des Mathurins de París, el 29 de septiembre de 1981, bajo la dirección de Georges Werler. Decorados y trajes de Bernard Luis. Música de Oswald d'Andréa.)

La obra debe representarse sin entreacto. Sin embargo, hay que bajar el telón después de cada acto.

Imagino a Jacques como a un hombre de, como mínimo, cuarenta años. Es de la misma edad que su amo o mayor.

François Germond, autor de la excelente puesta en escena de Ginebra, tuvo una idea muy interesante: cuando Jacques y su amo vuelven a encontrarse en la escena 6, del acto III, ya son viejos y han transcurrido unos años desde la escena precedente.

Decorados: El escenario no cambia durante toda la obra. Está dividida en dos partes: una parte anterior, más baja, y una parte posterior más elevada que forma un gran estrado. Toda la acción que se desarrolla en el presente tiene lugar en la parte delantera de la escena; los episodios del pasado se representan en la parte posterior, la más elevada.

Muy al fondo de la escena (y por consiguiente en la parte más elevada) hay una escalera (o una escala) que conduce a un desván.

La mayor parte del tiempo, la escena (que debe ser lo más simple y abstracta posible) está totalmente vacía. Sólo en ciertos episodios los mismos actores traen a ella sillas, una mesa, etc.

Hay que ponerse en guardia contra todo elemento ornamental, ilustrativo, simbólico del decorado. Van contra el espíritu de la obra.

La acción transcurre en el siglo XVIII, pero un siglo XVIII tal como lo imaginamos hoy. Del mismo modo que el lenguaje de la obra no es una restitución del lenguaje de antaño, tampoco hay que insistir en el carácter histórico del decorado y de los trajes. La historicidad de los personajes (especialmente la de los dos protagonistas), sin ponerse en cuestión, deberá ser ligeramente difuminada.

La confrontación entre el siglo XX y el siglo XVIII (el espíritu de estos siglos) atraviesa discretamente toda la obra. Para que la obra conserve su inteligibilidad y su equilibrio hay que respetar el texto con la mayor fidelidad.

Primer acto

Escena 1

Jacques y su Amo entran en el escenario; dan unos pasos y Jacques dirige la mirada hacia los espectadores; Jacques se detiene...

JACQUES *(discretamente):* Señor... *(Señala el público a su Amo:)* ¿Por qué nos miran ésos?

EL AMO *(se sobresalta y se ajusta el traje, como si temiese llamar la atención por una negligencia de su vestido):* Haz como si no hubiera nadie.

JACQUES *(al público):* ¿No les molestaría mirar hacia otra parte? Bueno, pues, ¿qué es lo que quieren? ¿De dónde venimos? *(Extiende el brazo hacia atrás:)* De allá. ¿Y adónde vamos? *(Con una sabiduría filosófica:)* ¿Sabemos acaso adónde vamos? *(Al público:)* ¿Acaso saben ustedes adónde van?

EL AMO: Tengo miedo, Jacques, de saber adónde vamos.

JACQUES: ¿Tenéis miedo?

EL AMO *(con tristeza):* Sí. Pero no tengo intención de ponerte al corriente de mis tristes obligaciones.

JACQUES: Señor, ¡nunca sabemos adónde vamos, creedme! Pero, como decía mi capitán, está escrito allá arriba.

EL AMO: Y tenía razón...

JACQUES: ¡Que un mal rayo parta a Justine y al innoble granero donde perdí mi virginidad!

EL AMO: ¿Por qué insultar a una mujer, Jacques?

JACQUES: Porque, cuando perdí mi virginidad, me emborraché. Mi padre, loco de rabia, me atizó una paliza. Pasaba por allí un regimiento, me alisto sin pensarlo, estalla una batalla, recibo un balazo en la rodilla. Lo cual, por otra parte, me arrastró a una retahíla de aventuras. Sin ese balazo, por ejemplo, creo que nunca me habría enamorado.

EL AMO: ¿Así que has estado enamorado? Nunca me habías hablado de ello.

JACQUES: ¡Hay muchas cosas de las que nunca os he hablado!

EL AMO: Bueno, ¿y cómo te enamoraste? ¡Cuéntamelo!

JACQUES: ¿Por dónde iba? Ah, sí, el balazo en la rodilla. Quedo enterrado bajo un montón de muertos y heridos. Me encontraron al día siguiente y me tiraron a una carreta. Destino, el hospital. La carretera era muy mala y yo rugía de dolor al menor bache. De pronto, nos detenemos. Pido permiso para bajar. Era al final de un pueblo, y ante la puerta de una casucha había una joven.

EL AMO: Ah, ya veo.

JACQUES: La joven entra en su casa, vuelve a salir con una botella de vino y me da de beber. Quieren volver a meterme en la carreta, pero yo me agarro a su falda. Después perdí el conocimiento y, cuando volví en mí estaba en su casa, rodeado de su marido y de sus hijos, y ella me ponía compresas.

EL AMO: ¡Marrano! Ya te veo venir...

JACQUES: No veis nada en absoluto.

EL AMO: ¡Ese hombre te acoge en su casa y así se lo agradeces!

JACQUES: Señor, ¿somos acaso dueños de nuestros actos? Mi capitán decía: todo lo que nos ocurre aquí abajo para bien o para mal está escrito allí arriba. ¿Conocéis, querido Amo, la manera de borrar lo que está escrito? ¿Acaso puedo yo no ser? ¿Es que puedo yo ser otro? Si yo soy yo, ¿puedo hacer otra cosa que lo que hago?

EL AMO: Hay algo que me fastidia: ¿acaso serás un marrano porque está escrito allá arriba? ¿O es que está escrito allá arriba porque sabían que eras un marrano? ¿Cuál es la causa y cuál el efecto?

JACQUES: No lo sé, señor, pero no me tratéis de marrano.

EL AMO: Un hombre que le pone los cuernos a su bienhechor.

JACQUES: Y no llaméis bienhechor a ese hombre. Tendríais que haber visto cómo trataba a su mujer porque ella me compadecía.

EL AMO: Y hacía bien... Jacques, ¿cómo era ella? ¡Descríbemela!

JACQUES: ¿A la joven?

EL AMO: Sí.

JACQUES *(después de un instante de vacilación):* De estatura mediana...

EL AMO *(no muy satisfecho):* Hum...

JACQUES: Más bien alta que baja...

EL AMO *(con un signo de cabeza aprobador):* Más bien alta.

JACQUES: Sí.

EL AMO: Eso me gusta.

JACQUES *(con un gesto de las manos):* Un hermoso pecho.

EL AMO: ¿Más culo que pecho?

JACQUES *(dudando):* No. Más pecho.

EL AMO *(tristemente):* Qué lástima.

JACQUES: ¿Os gustan los culos grandes?

EL AMO: Sí, como el de Agathe... Y sus ojos, ¿cómo eran?

JACQUES: ¿Sus ojos? No me acuerdo. Pero tenía el pelo negro.

EL AMO: Agathe era rubia.

JACQUES: No tengo la culpa, señor, de que no se parezca a vuestra Agathe. Debéis tomarla tal como es. Pero tenía unas piernas largas y bonitas.

EL AMO *(soñador):* Unas piernas largas. ¡Cuánto me alegras!

JACQUES: Y un culo majestuoso.

EL AMO: ¿Majestuoso? ¿No bromeas?

JACQUES *(mostrándoselo):* Así...

EL AMO: ¡Ah, marrano! Cuanto más me hablas de ella, más loco me vuelve. Así que a la mujer de tu bienhechor te la has...

JACQUES: No, señor. Nunca hubo nada entre esa mujer y yo.

EL AMO: Entonces, ¿por qué me hablas tanto de ella? ¿Para qué perder nuestro tiempo con ella?

JACQUES: Me interrumpís, señor, y es ésta una mala costumbre.

EL AMO: La deseaba ya tanto...

JACQUES: Os estoy contando que estaba en la cama, con una bala en la rodilla, que sufría un martirio, y sólo pensáis en la lujuria, y además, mezcláis en todo esto a una tal Agathe.

EL AMO: No pronuncies ese nombre.

JACQUES: Sois vos quien lo habéis pronunciado.

EL AMO: ¿Nunca te ha pasado desear locamente a una mujer que no quería saber nada? ¿Nada de nada?

JACQUES: Sí, Justine.

EL AMO: ¿Justine? ¿Aquella con la que perdiste tu virginidad?

JACQUES: Exactamente.

EL AMO: Cuenta...

JACQUES: Después de vos, señor. Vos sois el Amo...

Escena 2

En el fondo, en el estrado, han ido apareciendo desde hace unos instantes otros personajes. El joven Diantre está sentado en los escalones, Justine está de pie delante de él. Otra pareja ocupa el lado opuesto de la escena. Agathe se ha sentado en una silla que le ha traído el Caballero de Saint-Ouen, y el Caballero está junto a ella.

SAINT-OUEN *(llamando al Amo)*: ¡Hola, amigo mío!

JACQUES *(se vuelve, así como su Amo, y señala con la cabeza en dirección a Agathe):* ¿Es ella? *(El Amo asiente.)* y ese hombre que está a su lado, ¿quién es?

EL AMO: Un amigo, Saint-Ouen. Él es quien me la ha presentado. *(Señalando a Justine con la mirada:)* y esa otra de allá, ¿es la tuya?

JACQUES: Sí, pero prefiero la vuestra.

EL AMO: Y yo, la tuya. Está más metida en carnes. ¿Quieres que cambiemos, para probar?

JACQUES: Había que haberlo pensado entonces. Ahora es demasiado tarde.

EL AMO *(con un suspiro):* Sí, demasiado tarde. ¿Y quién es ese mozo?

JACQUES: Diantre, un amiguete. Los dos queríamos a esa chica, pero por insondables razones él fue quien la consiguió y no yo.

EL AMO: Como yo.

SAINT-OUEN *(se ha acercado al Amo desde el borde del estrado):* Amigo mío, careces de discreción. Los padres temen por la reputación de su hija...

EL AMO *(a Jacques, con indignación)*: ¡Cochinos burgueses! ¡Cuando cubría de regalos a esa chica no parecía molestarles!

SAINT-OUEN: ¡No, no, y no! Ellos te tienen estima. Sólo desean que te aclares acerca de tus intenciones. Si no, tendrás que dejar de ir a su casa.

EL AMO *(con indignación a Jacques):* ¡Cuando pienso que él es quien me introdujo en su casa! ¡Y quien me animó! ¡Y quien me aseguró que ella sería fácil!

SAINT-OUEN: Querido amigo, yo me limito a transmitir el mensaje que me han encomendado.

EL AMO *(a Saint-Ouen)*: Muy bien. *(Avanza por el estrado.)* Te encargo que les transmitas que no cuenten conmigo para acabar con el anillo al dedo. Y dile a Agathe que, en adelante, debe mostrarse mucho más tierna si quiere conservarme. No tengo intención de perder con ella mi tiempo ni mi fortuna, que podría emplear con mayor utilidad en otra parte.

(Saint-Ouen escucha el mensaje del Amo de Jacques, se inclina y vuelve junto a Agathe.)

JACQUES: ¡Bravo, señor! ¡Así es como yo os quiero! ¿Valiente por una vez?

EL AMO *(a Jacques, desde el estrado):* Me sucede a veces. He dejado de verla.

SAINT-OUEN *(se dirige hacia el Amo describiendo un arco de círculo):* He transmitido vuestro mensaje palabra por palabra, pero me parece que habéis sido un poco cruel.

JACQUES: ¿Mi Amo? ¿Cruel?

SAINT-OUEN *(a Jacques):* ¡Tú cierra esa boca, siervo! *(Al Amo:)* Toda la familia está aterrada por vuestro silencio. Y Agathe...

EL AMO: ¿Agathe?

SAINT-OUEN: Agathe llora.

EL AMO: Llora.

SAINT-OUEN: Llora todo el día.

EL AMO: ¿De modo, Saint-Ouen, que creéis que si yo reapareciese...?

SAINT-OUEN: ¡Sería un error! Ya no puedes retroceder. Si volvieses ahora, todo se habría perdido. Hay que enseñar a vivir a esos tenderos.

EL AMO: ¿Y si no vuelven a llamarme?

SAINT-OUEN: Te llamarán.

EL AMO: ¿Y si tardan mucho tiempo?

SAINT-OUEN: ¿Quieres ser el amo o el esclavo?

EL AMO: Así que llora...

SAINT-OUEN: Más vale que sea ella la que llore y no tú.

EL AMO: ¿Y si no vuelven a llamarme?

SAINT-OUEN: Te digo que te llamarán. Debes aprovechar la situación. Es preciso que Agathe comprenda que no vas a comer en su mano y que debe esforzarse... Pero dime... ¡Somos amigos! ¿Pondrías tu mano en el fuego a que nunca ha pasado nada entre ella y...?

EL AMO: No.

SAINT-OUEN: Tu discreción te honra.

EL AMO: Nada de eso. Te digo la estricta verdad.

SAINT-OUEN: ¿Cómo? ¿Ni el más mínimo instante de debilidad?

EL AMO: No.

SAINT-OUEN: Mucho me temo que te hayas portado como un chiquillo.

EL AMO: Pero tú, Saint-Ouen, ¿tú nunca la has deseado?

SAINT-OUEN: Claro que sí. Pero viniste tú y me convertí para Agathe en puro espíritu. Hemos seguido siendo buenos amigos, pero nada más. Sólo tengo un consuelo: si mi mejor amigo se acuesta con ella, será como si lo hiciese yo. Lo haría todo, créeme, por meterme en su cama.

(Tras estas palabras, Saint-Ouen se aleja hacia el fondo de la escena, en dirección a Agathe, que sigue sentada en una silla.)

JACQUES: Os habréis dado cuenta, señor, de cómo os escucho. No os he interrumpido ni una sola vez. Si al menos esto os sirviera de ejemplo...

EL AMO: Te vanaglorias de no interrumpir sólo para interrumpirme.

JACQUES: Si os corto la palabra es porque vos me dais mal ejemplo.

EL AMO: En mi condición de amo, tengo el derecho de interrumpir a mi criado cuantas veces me plazca. Pero mi criado no tiene derecho a interrumpir a su amo.

JACQUES: Yo no os interrumpo, señor, hablo con vos, como siempre habéis deseado. Y os lo diré así de claro: vuestro amigo no me gusta en absoluto y apuesto a que quiere casaros con su amiguita.

EL AMO: ¡Basta! ¡Ya no te diré ni una palabra más! *(Baja del estrado con un aire irritado.)*

JACQUES: ¡Por favor! ¡Amo! ¡Continuad!

EL AMO: ¿Para qué? Con tu pretenciosa clarividencia de mal gusto, lo sabes todo de antemano.

JACQUES: Tenéis razón, Amo, pero continuad. Si he adivinado algo, sólo puede ser el general transcurso de la historia, pero no puedo imaginar todos los encantadores detalles de vuestras conversaciones con Saint-Ouen y todos los caprichos de la intriga.

EL AMO: Me has puesto nervioso y me callo.

JACQUES: Por favor.

EL AMO: Si quieres que hagamos las paces, cuenta tú, y yo te interrumpiré cuando me plazca. Quiero saber cómo perdiste tu virginidad y puedes estar seguro de que te interrumpiré varias veces en tu primer acto de amor.

Escena 3

JACQUES: Como queráis, señor, tenéis todo el derecho. Mirad. *(Se gira y señala la escalera que Justine está subiendo con Diantre hijo; Diantre padre está al pie de la escalera.)* Mi padrino, el viejo Diantre, está en su taller de carretero. La escalera lleva al granero y allí es donde está la cama de mi amigo, Diantre hijo.

DIANTRE PADRE *(vociferando en dirección al granero):* ¡Diantre, Diantre! ¡Maldito gandul!

JACQUES: El viejo Diantre dormía en su taller. Cuando estaba del todo dormido, su hijo abría suavemente la puerta y Justine subía al desván por la escalerilla.

DIANTRE PADRE: Han tocado ya el ángelus y tú todavía estás roncando. ¿Quieres que suba y te haga bajar a escobazos?

JACQUES: Aquella noche habían gozado tanto juntos que no podían despertarse.

DIANTRE HIJO *(desde el granero):* ¡No te enfades, padre!

DIANTRE PADRE: ¡El granjero vendrá enseguida a buscar el eje de su rueda! ¡Date prisa!

DIANTRE HIJO: ¡Ya estoy aquí! *(Baja abrochándose el pantalón.)*

EL AMO: ¿Así que Justine ya no podía salir?

JACQUES: Había caído en la trampa.

EL AMO *(riendo a carcajadas):* ¡Imagino que no le llegaría la camisa al cuerpo!

DIANTRE PADRE: Desde que se chifló por esa pequeña zorra sólo piensa en dormir. ¡Si al menos fuese una chica que mereciese la pena! ¡Pero una buscona como ésa! Si mi difunta parienta viera esto, hace tiempo que le habría dado una mano de palos al uno y sacado los ojos a la otra al salir de la misa mayor. Pero yo, como un idiota, lo aguanto todo; ¡esto tiene que cambiar de una vez! *(A Diantre hijo:)* ¡Coge ese eje y llévaselo al granjero! *(Diantre hijo se aleja con el eje al hombro.)*

EL AMO: ¿Y oía Justine desde arriba esas palabras?

JACQUES: ¡Claro que sí!

DIANTRE PADRE: Me cago en Dios, ¿dónde está mi pipa? ¡Seguro que la ha cogido ese cero a la izquierda! Veamos si está arriba.

(Diantre padre sube la escalera.)

EL AMO: ¿Y Justine? ¿Y Justine?

JACQUES: Se había metido debajo de la cama.

EL AMO: ¿Y el joven Diantre?

JACQUES: ¡Después de entregar el eje, corrió a mi casa! Escucha, le dije, ve a dar un paseo por el pueblo; mientras tanto, me ocuparé de tu padre para que Justine pueda escapar. Pero tienes que darme bastante tiempo.

(Jacques sube al estrado. El Amo sonríe.)

JACQUES: ¿Por qué sonreís?

EL AMO: Por nada.

DIANTRE PADRE *(que ha bajado ya del granero):* Me alegro de verte, ahijado. ¿De dónde vienes tan temprano?

JACQUES: Vuelvo a casa.

DIANTRE PADRE: ¡Ah, ahijado, ahijado, te estás volviendo muy juerguista!

JACQUES: No digo que no.

DIANTRE PADRE: Mucho me temo que mi hijo y tú vais a resultar de la misma ralea. ¡Has pasado la noche fuera!

JACQUES: No digo que no.

DIANTRE PADRE: ¿Con alguna puta?

JACQUES: Sí. Pero, con mi padre, no hay manera de hablar del asunto.

DIANTRE PADRE: Es comprensible, y debería darte una buena paliza, y yo debería hacer otro tanto con mi hijo. Pero empecemos por almorzar, el vino es buen consejero.

JACQUES: Imposible, padrino, me caigo de sueño.

DIANTRE PADRE: Veo que no te has andado con chiquitas. Espero que al menos valiera la pena. Pero no hablemos más de esto. Oye, mi hijo ha salido. Sube ahí arriba y métete en la cama.

(Jacques sube la escalera.)

EL AMO *(gritando en dirección a Jacques):* ¡Traidor! ¡Malvado! Debería haberlo previsto...

DIANTRE PADRE: ¡Ay, estos hijos!... ¡Estos malditos hijos!... *(En el granero, ruidos y gritos ahogados...)* Estará soñando, ese muchacho... Habrá pasado una noche muy movida.

EL AMO: ¿Cómo que sueña? ¡No sueña en absoluto!

¡La está aterrorizando, eso sí! Ella se defiende, pero teme ser descubierta y tiene que callarse. ¡Marrano! ¡Merecerías ser condenado por violación!

JACQUES *(desde lo alto del granero):* No sé si la habré violado, señor, pero sí sé que no estuvo nada mal, ni para ella ni para mí. Sólo me ha hecho prometer...

EL AMO: ¿Qué le has prometido, crápula?

JACQUES: Que Diantre no sabría nada de esto.

EL AMO: Y ha bastado que se lo prometieses para que todo fuese sobre ruedas.

JACQUES: ¡Mejor aún!

EL AMO: ¿Cuántas veces?

JACQUES: Muchas, y cada vez mejor.

(Vuelve Diantre hijo.)

DIANTRE PADRE: ¿Dónde has estado tanto tiempo? Coge esa llanta y ve a terminarla afuera.

DIANTRE HIJO: ¿Y por qué afuera?

DIANTRE PADRE: Para no despertar a Jacques.

DIANTRE HIJO: ¿Jacques?

DIANTRE PADRE: Sí, Jacques. Está ahí arriba roncando. ¡Ay, pobres de nosotros los padres! Sois todos iguales. Anda, muévete, ¿qué haces ahí plantado? *(Diantre hijo se lanza hacia la escalera y se dispone a subir.)* ¿Adónde vas? ¡Deja dormir a ese pobre muchacho!

DIANTRE HIJO *(fuerte):* ¡Papá! ¡Papá!

DIANTRE PADRE: Estaba muerto de cansancio.

DIANTRE HIJO: ¡Déjame pasar!

DIANTRE PADRE: ¡Fuera de aquí! ¿Acaso te gustaría que te despertasen mientras duermes?

EL AMO: ¿Y Justine oía todo eso?

JACQUES *(sentado en lo alto de la escalera):* Como me oís vos a mí.

EL AMO: ¡Oh, qué bonito! ¡Qué admirable sinvergüenza! ¿Y tú? ¿Qué hacías tú?

JACQUES: Me reía.

EL AMO: ¡Carne de horca! ¿Y ella?

JACQUES: Ella se arrancaba el pelo, alzaba los ojos al cielo, se retorcía los brazos.

EL AMO: Jacques, eres un bárbaro, y tienes un corazón de piedra.

JACQUES *(descendiendo por los peldaños y muy seriamente):* No, señor, no. Tengo sensibilidad. Pero la conservo para mejor ocasión. Los que derrochan su sensibilidad a tontas y a locas ya no la tienen cuando hay que tenerla.

DIANTRE PADRE *(a Jacques):* ¡Ah, ya estás aquí! ¿Has dormido bien? ¡Lo necesitabas! *(A su hijo:)* ¡Está fresco como un recién nacido! Vete a buscar una botella a la bodega. *(A Jacques:)* ¡Ahora sí querrás almorzar!

JACQUES: Con mucho gusto.

(Diantre hijo trae una botella y Diantre padre llena tres vasos.)

DIANTRE HIJO *(apartando su vaso):* Yo no tengo sed tan temprano por la mañana.

DIANTRE PADRE: ¿No quieres beber?

DIANTRE HIJO: No.

DIANTRE PADRE: ¡Ah! Ya sé lo que es. *(A Jacques:)* Ya sabes, tiene que ver con Justine. A juzgar por el tiempo que ha estado fuera, se habrá detenido en su casa y la habrá sorprendido con otro. *(A Diantre hijo:)* ¡Te está bien empleado! ¡Ya te había dicho yo que esa chica no era más que una puta! *(A Jacques:)* ¡Y ahora hace ascos a esta inocente botella!

JACQUES: Es muy posible que haya acertado.

DIANTRE HIJO: Jacques, para ya con esa broma.

DIANTRE PADRE: Si él no quiere beber, beberemos nosotros. *(Levantando su vaso:)* A tu salud, ahijado...

JACQUES *(levantando su vaso):* A la suya... *(A Diantre hijo:)* Y tú, hombre, bebe con nosotros. Seguramente te ahogas en un vaso de agua.

DIANTRE HIJO: Ya he dicho que no beberé.

JACQUES: La volverás a ver y todo se arreglará. No tienes nada que temer.

DIANTRE PADRE: No, al contrario. Que esa muchacha le haga sufrir un buen rato... Y ahora, voy a llevarte a casa de tu padre para que te perdone tus escapadas. ¡Malditos hijos! ¡Sois todos iguales! Banda de miserables... Anda, vamos.

(Toma a Jacques por el brazo y se aleja con él. Diantre hijo sube la escalera del granero. A los pocos pasos, Jacques se separa de Diantre padre y se gira hacia su Amo, mientras Diantre padre sale del escenario.)

EL AMO: ¡Admirable anécdota! Enseña a conocer mejor a las mujeres y a conocer mejor a los amigos.

(Saint-Ouen se dirige lentamente por el estrado hacia el Amo de Jacques.)

JACQUES: ¿Acaso creéis que un amigo desdeñaría a vuestra amante si se le presentara la ocasión?

Escena 4

SAINT-OUEN: ¡Amigo mío! ¡Querido amigo! Venid... *(Está al borde del estrado y tiende los brazos hacia el Amo, que está al pie del estrado. El Amo sube al estrado y se reúne con Saint-Ouen, quien le toma por el brazo y le conduce de un lado a otro del estrado, como si dieran un paseo.)* ¡Ah, qué hermoso es, amigo mío, tener un amigo por quien uno siente una amistad sincera!...

EL AMO: Me conmovéis, Saint-Ouen.

SAINT-OUEN: Sí, sois de todos los amigos el mejor, mientras que yo, amigo mío...

EL AMO: ¿Vos? Vos también, amigo mío, de todos mis amigos sois el mejor.

SAINT-OUEN *(agachando la cabeza):* Me temo que no me conocéis, amigo mío.

EL AMO: ¡Os conozco como a mí mismo!

SAINT-OUEN: Si me conocierais, no querríais conocerme...

EL AMO: No, no digáis eso.

SAINT-OUEN: Soy un hombre infame. Sí, no hay otra palabra. Sí, es así como debo designarme ante vos: soy un hombre infame.

EL AMO: ¡No permitiré que os humilléis ante mí!

SAINT-OUEN: ¡Un hombre infame!

EL AMO: ¡No!

SAINT-OUEN: ¡Un hombre infame!

EL AMO *(arrodillándose ante él):* Callad, amigo mío. Vuestras palabras me destrozan el corazón. ¿Qué os atormenta? ¿Qué tenéis que reprocharos?

SAINT-OUEN: Hay una mancha en mi vida pasada. Sólo una mancha, sí, una única mancha, pero...

EL AMO: Ya lo veis, sólo una única mancha, eso no es nada.

SAINT-OUEN: Una única mancha puede mancillar toda una vida.

EL AMO: Una golondrina no hace verano. Una única mancha no es mancha alguna.

SAINT-OUEN: ¡Ah, no! Es una sola y única mancha, pero es una mancha terrible. ¡Yo, yo, Saint-Ouen, he traicionado una vez, sí, he traicionado a un amigo!

EL AMO: ¡Vaya! ¿Y cómo ocurrió eso?

SAINT-OUEN: El uno y el otro frecuentábamos a la misma joven. Él estaba enamorado de ella y ella estaba enamorada de mí. Él la entretenía y yo me aprovechaba. Nunca tuve el valor de confesárselo. Pero debo hacerlo. Si le encuentro, tengo que decírselo todo, debo confesárselo para librarme del espantoso secreto que me abruma...

EL AMO: Eso estaría bien, Saint-Ouen.

SAINT-OUEN: ¿Me lo aconsejáis?

EL AMO: Sí, os lo aconsejo.

SAINT-OUEN: ¿Y cómo creéis que mi amigo se tomará el asunto?

EL AMO: Se conmoverá con vuestra franqueza y con vuestro arrepentimiento. Os estrechará entre sus brazos.

SAINT-OUEN: ¿Lo creéis?

EL AMO: Lo creo.

SAINT-OUEN: Y vos, ¿haríais lo mismo?

EL AMO: ¿Yo? Sin duda alguna.

SAINT-OUEN *(abriendo los brazos)*: Amigo mío, estréchame entre tus brazos.

EL AMO: ¿Cómo?

SAINT-OUEN: Abrázame. Ese amigo al que he engañado eres tú.

EL AMO *(abrumado)*: ¿Agathe?

SAINT-OUEN: Sí... ¡Oh, no pongáis esa cara! ¡Os eximo de lo que habéis dicho! ¡Sí!, ¡sí! Podéis obrar conmigo como mejor os plazca. Tenéis razón, lo que he hecho no tiene excusa. ¡Dejadme! ¡Abandonadme! ¡Despreciadme! ¡Ah, si supierais lo que esa miserable ha hecho de mí! Cuánto he sufrido con el ingrato papel que me ha obligado a desempeñar...

Escena 5

(Diálogo cruzado)

Diantre hijo y Justine bajan por la escalera y se sientan el uno junto al otro en el último peldaño. Los dos parecen abrumados.

JUSTINE: ¡Te lo juro! ¡Te lo juro por mi padre y por mi madre!

DIANTRE HIJO: ¡Nunca te creeré!

(Justine rompe a llorar.)

EL AMO *(a Saint-Ouen):* ¡La muy miserable! Y vos, Saint-Ouen, cómo habéis podido...

SAINT-OUEN: ¡No me torturéis, amigo mío!

JUSTINE: ¡Te juro que ni siquiera me ha tocado!

DIANTRE HIJO: ¡Embustera!

EL AMO: ¿Cómo habéis podido?

DIANTRE HIJO: ¡Y con ese cerdo!

(Justine rompe a llorar.)

SAINT-OUEN: ¿Que cómo he podido? ¡Porque soy el hombre más infame que existe bajo el sol! Tengo por amigo al mejor de los hombres y le traiciono ignominiosamente. ¿Me preguntáis por qué? ¡Porque soy un cerdo! ¡Nada más que un cerdo!

JUSTINE: ¡No es ningún cerdo! ¡Es tu amigo!

DIANTRE HIJO *(con ira):* ¿Mi amigo?

JUSTINE: ¡Sí, tu amigo, para que te enteres! ¡Ni siquiera me ha tocado!

DIANTRE HIJO: ¡Cállate!

SAINT-OUEN: ¡Sí, nada más que un cerdo!

EL AMO: No. ¡Dejad ya de escupiros en la cara!

SAINT-OUEN: ¡Sí, me escupiré en la cara!

EL AMO: A pesar de todo lo que ha pasado, no debéis escupiros en la cara.

JUSTINE: Me dijo que era tu amigo y que no podría hacer nada conmigo aunque estuviésemos solos en una isla desierta.

EL AMO: Dejad de haceros daño.

DIANTRE HIJO: ¿Eso te dijo?

JUSTINE: ¡Sí!

SAINT-OUEN: Quiero que me duela.

EL AMO: ¡Los dos, vos y yo, hemos sido víctimas del mismo monstruo! Ella os sedujo. Habéis sido sincero, me lo habéis confesado todo. ¡Seguís siendo mi amigo!

DIANTRE HIJO: ¿Dijo que ni siquiera en una isla desierta?

JUSTINE: ¡Sí!

SAINT-OUEN: No soy digno de vuestra amistad.

EL AMO: Al contrario, sois digno de ella precisamente por eso. ¡Ya lo habéis pagado con el tormento de vuestro remordimiento!

DIANTRE HIJO: ¿De verdad dijo que era mi amigo y que no podría tocarte aunque estuvieseis solos en una isla desierta?

JUSTINE: ¡Sí!

SAINT-OUEN: ¡Ah, cuán generoso sois!

EL AMO: ¡Dadme un abrazo!

(Se abrazan.)

DIANTRE HIJO: ¿De verdad dijo que no te tocaría aunque estuvieseis solos en una isla desierta?

JUSTINE: ¡Sí!

DIANTRE HIJO: ¿En una isla desierta? ¡Júralo!

JUSTINE: ¡Lo juro!

EL AMO: ¡Venid, vamos a brindar!

JACQUES: ¡Ay, señor, cuánto os compadezco!

EL AMO: Por nuestra amistad, que ninguna zorra puede romper.

DIANTRE HIJO: En una isla desierta. He sido injusto con él. ¡Es un verdadero amigo!

JACQUES: Me parece, Amo, que nuestras aventuras se parecen extrañamente.

EL AMO *(saliendo de su papel):* ¿Qué?

JACQUES: Digo que nuestras aventuras se parecen extrañamente.

DIANTRE HIJO: Jacques es un verdadero amigo.

JUSTINE: Tu mejor amigo.

SAINT-OUEN: ¡Ahora sólo pienso en la venganza! Esa miserable ha abusado de nosotros y nosotros nos vengaremos juntos. ¡No tenéis más que ordenar lo que debo hacer!

EL AMO *(escamado por el relato de Jacques, a Saint-Ouen):* Más tarde. Terminaremos esta historia más tarde...

SAINT-OUEN: ¡No, no! ¡Enseguida! Haré todo lo que me exijáis. Basta que digáis lo que deseáis.

EL AMO: Sí, pero más tarde. Ahora quiero ver cómo acaba lo de Jacques. *(El Amo desciende del estrado.)*

DIANTRE HIJO: ¡Jacques!

(Jacques salta al estrado y se acerca a Diantre hijo.)

DIANTRE HIJO: Te lo agradezco. Eres mi mejor amigo. *(Le abraza.)* y ahora, dale un abrazo a Justine. *(Jacques vacila.)* Vamos, no sientas vergüenza, tienes derecho a abrazarla delante de mí. ¡Te lo ordeno! *(Jacques abraza a Justine.)* Somos los tres mejores amigos del mundo, en la vida y en la muerte... En una isla desierta... ¿Es verdad que no la tocarías? ¿Ni siquiera en una isla desierta?

JACQUES: ¿A la mujer de un amigo? ¡Estás loco!

DIANTRE HIJO: ¡Eres el más fiel de los amigos!

EL AMO: ¡Canalla! *(Jacques se gira hacia su Amo.)* Pero mi aventura estaba todavía lejos de llegar a su fin...

JACQUES: ¿No os habéis conformado con los cuernos?

DIANTRE HIJO *(en el colmo de la felicidad)*: ¡La más fiel de las mujeres! ¡El más fiel de los amigos! ¡Soy tan feliz como un rey!

(Al pronunciar estas últimas réplicas, Diantre hijo sale de escena con Justine. Saint-Ouen se queda para escuchar las primeras réplicas de la escena siguiente; después sale a su vez.)

Escena 6

EL AMO: Mi aventura acabó muy mal. Es el peor final que pueda tener una aventura...

JACQUES: ¿Y cuál es el peor final de una aventura?

EL AMO: Reflexiona.

JACQUES: Reflexionaré... Cuál puede ser el peor final de una aventura... Pero mi aventura, señor, también está lejos de haber llegado a su fin. Había perdido mi virginidad y había encontrado a mi mejor amigo. Me sentía tan feliz que me emborraché. Mi padre me atizó una paliza. Pasaba por allí un regimiento y me alisto sin pensarlo, heme aquí en plena batalla, recibo un balazo en la rodilla, me meten en una carreta, nos detenemos delante de una casucha y una mujer aparece en el umbral...

EL AMO: Ya me lo has contado.

JACQUES: ¿Otra vez queréis quitarme la palabra?

EL AMO: ¡Adelante, continúa!

JACQUES: ¡Ni hablar! No quiero ser interrumpido constantemente.

EL AMO *(con humor):* Muy bien. En ese caso, caminemos un trecho de camino... Todavía nos queda por delante un largo recorrido... Dios mío, ¿cómo es posible que no vayamos a caballo?

JACQUES: Olvidáis que estamos en un escenario. ¿Cómo podría haber aquí caballos?

EL AMO: Por culpa de un espectáculo ridículo me veo obligado a ir a pie. ¡El amo que nos inventó nos había, no obstante, atribuido unos caballos!

JACQUES: Éste es el riesgo que se corre cuando se es invención de demasiados amos.

EL AMO: Me pregunto con frecuencia, Jacques, si es que somos buenas invenciones. ¿Crees que nos han inventado bien?

JACQUES: ¿Quiénes «han», señor? ¿El que está allá arriba?

EL AMO: Allá arriba estaba escrito que alguien aquí abajo escribiría nuestra historia y me pregunto si la ha escrito bien. ¿Tenía talento, al menos?

JACQUES: Si no hubiese tenido talento, no habría escrito.

EL AMO: ¿Cómo?

JACQUES: Digo que si no hubiese tenido talento no habría escrito.

EL AMO *(riéndose a carcajadas):* Acabas de demostrar que no eres más que un criado. ¿Tú crees que los que escriben tienen talento? ¿Y el joven poeta que un día fue a visitar al amo que tenemos tú y yo?

JACQUES: No conozco a ningún poeta.

EL AMO: Veo que no sabes nada de nuestro amo. Eres un criado muy inculto.

LA POSADERA *(acaba de entrar en escena; se adelanta hacia Jacques y su Amo y les hace una reverencia):* Sean bienvenidos, señores.

EL AMO: ¿Bienvenidos? ¿Adónde, señora?

LA POSADERA: A la Posada del Gran Ciervo.

EL AMO: Nunca había oído ese nombre.

LA POSADERA: ¡Traed una mesa! ¡Sillas!

(Dos criados acuden al escenario con una mesa y unas sillas que colocan delante de Jacques y de su Amo.)

LA POSADERA: Estaba escrito que de paso se detendrían en nuestra posada, donde comerán, beberán, dormirán y escucharán a la patrona, célebre en cien leguas a la redonda por su incomparable pico de oro.

EL AMO: ¡Como si no bastase con mi criado!

LA POSADERA: ¿Qué tomarán los señores?

EL AMO *(mirando a la Posadera con glotonería):* He aquí algo que merece reflexión.

LA POSADERA: No tienen por qué reflexionar. Estaba escrito que iban a tomar pato, patatas y una botella de vino...

(La Posadera sale.)

JACQUES: Señor, ¿queríais decirme algo acerca de ese poeta?

EL AMO *(aún bajo el hechizo de la Posadera):* ¿Qué poeta?

JACQUES: El joven poeta que fue a visitar al amo de los dos.

EL AMO: ¡Ah, sí! Un día, un joven poeta vino a ver a nuestro amo, el que nos inventó. Los poetas venían con frecuencia a importunarlo. Los jóvenes poetas son siempre legión. Aumentan en unos cuatrocientos mil al año. Sólo en Francia. ¡Pero es aún peor en las naciones menos cultivadas!

JACQUES: ¿Y qué hacen con ellos? ¿Los ahogan?

EL AMO: Ésa era la costumbre de antaño. En Esparta, en aquellos buenos tiempos. Allí arrojaban al mar a los poetas desde lo alto de un acantilado inmediatamente después de su nacimiento. Pero en nuestro iluminado siglo se permite que cualquiera viva hasta el fin de sus días.

LA POSADERA *(trae una botella de vino y llena los vasos):* ¿Le gusta?

EL AMO *(tras probar el vino):* ¡Excelente! Déjenos la botella. *(Sale la Posadera.)* Así pues, un día, un joven poeta se presenta en casa de nuestro amo y saca un papel de su bolsillo. «Esto sí que es una sorpresa», dice nuestro amo, «¡son versos!» «Sí, versos, Maestro, versos de mi cosecha», dice el poeta. «Os ruego que me digáis la verdad, nada más que la verdad.» «¿Y no tenéis miedo a la verdad?», dice nuestro Amo. «No», responde el joven poeta con voz temblorosa. Y nuestro Amo le dice: «Mi querido amigo, no sólo me habéis demostrado que vuestros versos no valen su peso en mierda, ¡sino que jamás los haréis mejores!». «Es mal asunto», dijo el joven poeta, «de modo que me pasaré la vida haciendo malos versos.» Y nuestro Amo le responde: «Os lo advierto, joven poeta. ¡Ni los dioses, ni los hombres, ni los postes indicadores han perdonado nunca la mediocridad de los poetas!». «Lo sé», dijo el poeta, «pero no puedo evitarlo. Es un impulso.»

JACQUES: ¿Un qué?

EL AMO: Un impulso. «Es un formidable impulso que me empuja a escribir malos versos.» «¡Os advierto una vez más!», grita nuestro Amo; y el joven poeta le responde: «Ya sé, maestro, que sois el gran Diderot y que yo soy un mal poeta, ¡pero nosotros, los malos poetas, somos los más numerosos, siempre tendremos la mayoría! ¡La humanidad entera no está compuesta sino de malos poetas! ¡Y el público, por su espíritu, por sus gustos, por sus sentimientos, no es más que una asamblea de malos poetas! ¿Cómo creéis que los malos poetas podrían ofender a otros malos poetas? ¡Los malos poetas que constituyen el género humano se vuelven locos por los malos versos! ¡Es precisamente por escribir malos versos por lo que me convertiré un día en un gran poeta consagrado!».

JACQUES: ¿Eso le dijo el joven poeta malo a nuestro Amo?

EL AMO: Palabra por palabra.

JACQUES: Sus palabras no están exentas de cierta verdad.

EL AMO: Claro que no. Y me hacen concebir un pensamiento blasfemo.

JACQUES: Ya sé cuál.

EL AMO: ¿Sabes cuál?

JACQUES: Lo sé.

EL AMO: Pues bien, dilo.

JACQUES: No, habéis sido vos quien lo ha pensado primero.

EL AMO: Lo has pensado al mismo tiempo, no mientas.

JACQUES: Lo he pensado después de vos.

EL AMO: Bueno, entonces, ¿cuál es ese pensamiento? ¡Vamos, dilo!

JACQUES: Se os ocurrió la idea de que tal vez nuestro amo era también un mal poeta.

EL AMO: ¿Y quién puede demostrar que no lo era?

JACQUES: ¿Creéis que seríamos mejores si fuéramos invención de otro?

EL AMO *(pensativo):* Depende. Si hubiésemos salido de la pluma de un auténtico escritor, de un genio... sin duda alguna.

JACQUES *(con tristeza, tras una pausa):* ¿Sabéis que eso es muy triste?

EL AMO: ¿Qué es lo que es triste?

JACQUES: Que tengáis tan mala opinión de vuestro creador.

EL AMO *(mirando a Jacques):* Juzgo al creador por su obra.

JACQUES: Deberíamos amar a nuestro amo, que hizo de nosotros lo que somos. Seríamos más felices si le amáramos. Estaríamos más tranquilos y más seguros de nosotros mismos. Pero vos, vos querríais a un creador mejor. Francamente, amo mío, blasfemáis.

LA POSADERA *(trayendo la comida en una bandeja):* Aquí está el pato, señores... Cuando hayan terminado, les contaré la historia de Madame de La Pommeraye.

JACQUES *(contrariado):* ¡Cuando hayamos terminado, seré yo quien cuente cómo me enamoré!

LA POSADERA: Será su amo el que decida quién hablará.

EL AMO: ¡Oh, no! ¡Yo no! ¡Depende de lo que está escrito allá arriba!

LA POSADERA: Allá arriba está escrito que ha llegado mi turno de hablar.

(Telón.)

Segundo acto

Misma disposición escénica; la escena está totalmente vacía, a excepción de una mesa colocada en la parte delantera y a la cual están sentados Jacques y su Amo, que terminan de cenar.

Escena 1

JACQUES: Todo empezó por la pérdida de mi virginidad. Me emborraché, mi padre me atizó una paliza, pasaba por allí un regimiento...

LA POSADERA *(entrando)*: ¿Estaba bueno?

EL AMO: ¡Delicioso!

JACQUES: ¡Excelente!

LA POSADERA: ¿Otra botella?

EL AMO: ¿Por qué no?

LA POSADERA *(volviéndose hacia los bastidores):* Otra botella... *(A Jacques y a su Amo:)* Había prometido a estos señores contarles, después de esta buena comida, la historia de Madame de La Pommeraye...

JACQUES: ¡Vaya por Dios! ¡Patrona, estoy yo contando la historia de cómo me enamoré!

LA POSADERA: Los hombres se enamoran fácilmente y te olvidan con la misma facilidad. Eso lo sabe todo el mundo. Así que voy a contarles yo una historia que les enseñará cómo se castiga a esos pájaros.

JACQUES: ¡Tiene usted un pico de oro, Posadera! ¡Tiene en la laringe dieciocho mil toneladas de palabras y acecha la pobre oreja en la que pueda verterlas!

LA POSADERA: Este criado suyo, señor, es muy maleducado, se cree divertido y se atreve a interrumpir sin cesar a una dama.

EL AMO *(reprobador):* Jacques, no te hagas el importante...

LA POSADERA: Bueno, pues había una vez un Marqués llamado Des Arcis. Un bicho de cuidado, un faldero increíble. En fin, un tipo simpático. Pero no respetaba a las mujeres.

JACQUES: Tenía toda la razón.

LA POSADERA: Señor Jacques, me interrumpe usted.

JACQUES: Señora dueña del Gran Ciervo, no le hablo a usted.

LA POSADERA: De modo que el tal Marqués dio con una tal Marquesa de La Pommeraye. Una viuda que tenía modales, cuna, fortuna y rango. El Marqués necesitó mucho tiempo y no menos trabajo para que la Marquesa acabara sucumbiendo y haciéndole feliz. Sin embargo, al cabo de algunos años, el Marqués empezó a aburrirse. Ya saben a lo que me refiero, señores. Primero le propuso que salieran un poco más. Después, que recibiese más a menudo. Luego, ni siquiera iba a casa de ella cuando tenía invitados. Siempre tenía algo urgente que hacer. Y cuando iba, apenas hablaba, se instalaba en una butaca, tomaba un libro, lo dejaba, jugaba con el perro y se dormía en presencia de la Marquesa. Pero Madame de La Pommeraye seguía amándole y sufría atrozmente. Y, como era orgullosa, cogió un berrinche y decidió acabar con todo aquello.

Escena 2

Durante la última réplica de la Posadera, el Marqués ha entrado por detrás en el estrado; lleva una silla, la coloca y se repantiga en ella perezosamente, con aire beatífico.

LA POSADERA *(dirigiéndose al Marqués):* Amigo mío...

UNA VOZ *(detrás de la escena)*: ¡Patrona!

LA POSADERA *(hacia los bastidores):* ¿Qué pasa?

LA VOZ *(detrás de la escena):* ¡La llave de la despensa!

LA POSADERA: Está en el clavo... *(Al Marqués:)* Amigo mío, soñáis... (*La Posadera sube al estrado y se acerca al Marqués.)*

EL MARQUÉS: Vos también, vos también soñáis, Marquesa.

LA POSADERA: Es verdad, incluso con bastante tristeza.

EL MARQUÉS: ¿Qué os ocurre, Marquesa?

LA POSADERA: Nada.

EL MARQUÉS *(bostezando):* ¡Eso no es cierto! Vamos,

Marquesa, contádmelo todo; al menos, eso disipará nuestro aburrimiento.

LA POSADERA: ¿Os aburrís?

EL MARQUÉS: ¡No, no!... Pero hay días... en los que...

LA POSADERA: En los que nos aburrimos juntos...

EL MARQUÉS: ¡No! Os equivocáis, querida... Pero es que hay días... Dios sabe por qué...

LA POSADERA: Amigo mío, hace tiempo que quiero haceros una confidencia. Pero temo afligiros.

EL MARQUÉS: ¿Podríais afligirme, vos?

LA POSADERA: Bien sabe Dios que poco puedo haceros yo.

UNA VOZ *(entre bastidores):* ¡Patrona!

LA POSADERA *(girándose hacia los bastidores):* Ya he dicho que dejéis de molestarme. ¡Llamad al patrón!

LA VOZ: No está.

LA POSADERA: A mí eso me importa un pito.

LA VOZ: Es el vendedor de paja.

LA POSADERA: Págale y que se largue... *(Al Marqués:)* Sí, Marqués, ocurrió sin que me diese cuenta y estoy yo misma desconsolada. Por la noche, me pregunto y me digo: ¿Es el Marqués menos digno de amor? ¿Tengo yo algo que reprocharle? ¿Será infiel? ¡No! Entonces, ¿por qué ha cambiado mi corazón, puesto que el suyo sigue siendo el mismo? Ya no siento esa inquietud que antes sentía cuando tarda en llegar, ni esa dulce emoción cuando llega.

EL MARQUÉS *(con alegría):* ¿De verdad?

LA POSADERA *(cubriéndose los ojos con las manos):* Ah, Marqués, ahorradme los reproches... O más bien no, no me ahorréis nada. Lo merezco... ¿Pero debía ocultároslo todo? Soy yo quien ha cambiado, no vos. Por eso os aprecio más que nunca. Me niego a mentirme a mí misma. El amor ha abandonado mi corazón. Es un descubrimiento horrible, pero no por ello menos cierto.

EL MARQUÉS *(se precipita gozosamente a sus pies):* Sois encantadora, la más encantadora de todas. ¡Qué alegría me habéis dado! Vuestra franqueza me avergüenza. ¡Cuán superior a mí sois vos! ¡Cuán pequeño me siento ante vos! Porque la historia de vuestro corazón es, palabra por palabra, la historia del mío. Sólo que yo no tuve el valor de hablar.

LA POSADERA: ¿Es eso cierto?

EL MARQUÉS: Lo más cierto del mundo, y no nos queda sino regocijarnos por haber perdido al mismo tiempo ese sentimiento frágil y engañoso que nos unía.

LA POSADERA: En efecto, qué desgracia que el uno siga amando cuando el otro ya no ama.

EL MARQUÉS: Nunca me habíais parecido tan bella como en este momento y, si la experiencia no me hubiera hecho prudente, diría incluso que os amo más que nunca.

LA POSADERA: Pero, Marqués, ¿qué vamos a hacer?

EL MARQUÉS: Nunca nos hemos engañado ni mentido. Tenéis derecho a toda mi estima y no creo haber perdido enteramente la vuestra. Podemos ser los mejores amigos. ¡Nos apoyaremos en nuestras intrigas amorosas! Y quién sabe lo que puede pasar algún día...

JACQUES: Es cierto, ¿quién sabe?

EL MARQUÉS: Tal vez...

UNA VOZ *(detrás de la escena):* ¿Dónde se ha metido mi mujer?

LA POSADERA *(de mal humor, girada hacia los bastidores):* ¿Qué quieres ahora?

LA VOZ *(detrás de la escena):* ¡Nada!

LA POSADERA *(a Jacques y a su Amo):* ¡Señores, es para volverse loca! Cuando una cree estar por fin tranquila en este rincón perdido, cuando todo el mundo duerme, él tiene que llamarme. Me ha hecho perder el hilo, ese pellejo decrépito. *(La Posadera baja del estrado.)* Señores, soy realmente digna de compasión...

Escena 3

EL AMO: La compadezco gustosamente, Posadera. *(Le da una palmada en el trasero.)* Pero al mismo tiempo debo felicitarla, porque cuenta muy bien. Acabo de tener una idea singular. ¿Qué pasaría si usted tuviera por esposo, en lugar de ese marido a quien acaba de llamar «pellejo decrépito», al señor Jacques aquí presente? En otras palabras, ¿qué podría hacer un hombre que no para de hablar con una mujer súpercharlatana?

JACQUES: Haría exactamente lo mismo que lo que me hicieron durante los años que pasé en casa de mi abuelo y de mi abuela. Eran unas personas muy serias. Se levantaban, se vestían, iban a trabajar. Almorzaban y volvían a trabajar. Por la noche, la abuela cosía y el abuelo leía la Biblia y nadie abría la boca en todo el día.

EL AMO: Y tú, ¿qué hacías?

JACQUES: ¡Yo corría por la habitación con una mordaza en la boca!

LA POSADERA: ¿Con una mordaza?

JACQUES: Mi abuelo adoraba el silencio. Lo cual hizo que pasara los doce primeros años de mi vida con una mordaza...

LA POSADERA *(girándose hacia los bastidores):* ¡Juan!

UNA VOZ *(entre bastidores):* ¿Qué quieres?

LA POSADERA: ¡Dos botellas! No de las que damos a los clientes. De las que están al fondo, detrás de los leños.

LA VOZ: ¡Vale!

LA POSADERA: Señor Jacques, he cambiado de opinión. Es usted un hombre enternecedor. Acabo de imaginarle con una mordaza en la boca y con unas ganas terribles de hablar y, de pronto, he sentido por usted un amor inmenso. ¿Sabe qué?... Hagamos las paces. *(Se abrazan.)*

(Entra un criado que deja dos botellas encima de la mesa. Las abre y *llena tres vasos.)*

LA POSADERA: Señores, ¡no beberán mejor vino en toda su vida!

JACQUES: Posadera, debió de ser usted un buen pedazo de mujer bien plantada.

EL AMO: ¡Patán! Nuestra anfitriona *es* un buen pedazo de mujer bien plantada.

LA POSADERA: Ya no soy lo que era. ¡Si me hubieran visto en otros tiempos! Pero dejemos esto... Volvamos a Madame de La Pommeraye...

JACQUES *(levantando su vaso)*: ¡Pero bebamos primero por la salud de todos los hombres a quienes usted volvió locos!

LA POSADERA: Encantada. *(Brindan y beben.)* Pero volvamos a Madame de La Pommeraye.

JACQUES: No antes de haber bebido a la salud del señor Marqués, porque temo por él.

LA POSADERA: Y tiene usted razón.

(Los tres brindan y beben de nuevo.)

Escena 4

Durante las últimas réplicas de la escena precedente, la Madre y la Hija han aparecido en el estrado por el fondo del escenario.

LA POSADERA: ¿Se imaginan su ira? Se entera de que el Marqués ya no la ama, ¡y el Marqués da brincos de alegría! ¡Era una mujer orgullosa, señores! *(Se vuelve hacia la Madre y la Hija:)* Se encontró otra vez con esas dos criaturas. Las había conocido antaño. La madre y la hija. Un juicio las había llevado a París, lo habían perdido y estaban arruinadas. La madre se había visto obligada a regentar un garito.

LA MADRE *(desde el estrado):* Manda la necesidad. Intenté que mi hija entrase en la Ópera. Pero ¿tengo yo la culpa de que este pobre pavo tenga una voz de chicharra?

LA POSADERA: El garito era frecuentado por caballeros, jugaban, cenaban y, habitualmente, uno o dos comensales se quedaban y pasaban la noche con la hija o con la madre. Eran, pues, unas...

JACQUES: Sí, eran unas... Pero, de todos modos, bebamos a su salud, porque las dos son perfectamente aceptables.

(Jacques levanta su vaso; los tres brindan y beben.)

LA MADRE *(dirigiéndose a la Posadera)*: Para hablaros francamente, señora Marquesa, ejercíamos un oficio delicado y peligroso.

LA POSADERA *(acercándose a ellas por el estrado):* Espero que, en ese oficio, no sean demasiado conocidas.

LA MADRE: Afortunadamente creo que no. Nuestro... comercio... se encuentra en la calle de Hamburgo..., bastante apartado...

LA POSADERA: Supongo que no sienten demasiada afición por ese oficio. Si me empeñase en darles a conocer una suerte un poco más brillante ¿estarían de acuerdo?

LA MADRE *(con gratitud):* ¡Ah, señora Marquesa!

LA POSADERA: Pero tienen que obedecerme con los ojos cerrados.

LA MADRE: Contad con nosotras.

LA POSADERA: Bien. Vuelvan a su casa. Vendan sus muebles. Y vendan también sus vestidos un poco llamativos.

JACQUES *(levantando su vaso):* Bebo a la salud de la señorita. Tiene un aire bastante melancólico, sin duda por cambiar de dueño cada noche.

LA POSADERA *(a Jacques, desde lo alto del estrado):* No se ría. ¡Si supiera el asco que da a veces! *(A las dos mujeres:)* Voy a alquilarles un pequeño apartamento. Lo mandaré amueblar lo más sobriamente posible. Sólo saldrán para ir a los oficios y regresar. Irán por la calle con los ojos bajos y nunca saldrán la una sin la otra. Sólo hablarán de Dios. Y yo, naturalmente, no iré a verlas a casa. No soy digna... de frecuentar a mujeres tan santas... ¡Y ahora, obedezcan!

(Salen las dos mujeres.)

EL AMO: Esa mujer me da miedo.

LA POSADERA *(al Amo, desde lo alto de la escena):* Y usted no la conoce todavía.

Escena 5

El Marqués acaba de entrar por el otro lado de la escena y toca delicadamente el brazo de la Posadera. Ésta vuelve hacia él una mirada sorprendida.

LA POSADERA: ¡Oh, Marqués! ¡Cuánto me alegra veros! ¿Cómo van vuestras aventuras? ¿Y esos jóvenes pimpollos?

(El Marqués la coge por el brazo y ambos van y vienen lentamente por el estrado; él se inclina hacia ella y le cuchichea algo al oído en respuesta a su pregunta.)

EL AMO: ¡Mira, Jacques! ¡Se lo cuenta todo! ¡Qué cerdo más ciego!

LA POSADERA: Os admiro. *(El Marqués le cuchichea de nuevo al oído:)* ¡Siempre habéis tenido mucho éxito con las mujeres!

EL MARQUÉS: Y vos, ¿no tenéis nada que confesarme? *(La Posadera balancea la cabeza.)* Ese condesito, ese tapón, ese enano, siempre tan asiduo...

LA POSADERA: Ya no le veo.

EL MARQUÉS: Pero ¿cómo? ¿Por qué habéis rechazado a ese enano?

LA POSADERA: No me gusta.

EL MARQUÉS: Pero ¿cómo es posible que no os guste? ¡Si es el enano más adorable de todos los enanos! ¿Acaso me seguís amando?

LA POSADERA: Puede ser...

EL MARQUÉS: ¡Contáis con mi regreso y os hacéis con todas las ventajas de una conducta intachable!

LA POSADERA: ¿Y eso os da miedo?

EL MARQUÉS: ¡Sois una mujer peligrosa!

(El Marqués y la Posadera van y vienen por el estrado como si estuvieran de paseo; otra pareja se adelanta a su encuentro: son la Madre y la Hija.)

LA POSADERA *(fingiendo sorpresa):* ¡Dios mío! ¿Será posible? *(Suelta el brazo del Marqués y se adelanta hacia las dos mujeres.)* ¿Sois vos, señora?

LA MADRE: Sí, soy yo...

LA POSADERA: ¿Cómo estáis? ¿Qué ha sido de vos durante todo este tiempo?

LA MADRE: Ya conocéis nuestras desventuras. Vivimos modestamente y muy retiradas.

LA POSADERA: Apruebo vuestro retiro, pero ¿por qué prescindir de mí?...

LA HIJA: Os he recordado cien veces con mamá, señora, pero ella me decía: «¿Madame de La Pommeraye? Seguramente nos habrá olvidado».

LA POSADERA: ¡Qué injusticia! Me alegro de veros. Éste es el Marqués des Arcis. Es un buen amigo mío. Su presencia no debe molestaros. ¡Pero cómo ha crecido esta señorita!

(Continúan los cuatro su paseo.)

EL AMO: Sabes, Jacques, esa Posadera me gusta. Apuesto a que no ha nacido en esta posada. Es de otra condición. Son cosas que suelo adivinar.

LA POSADERA: ¡Es verdad! ¡Qué guapa se ha puesto esta señorita!

EL AMO: Puedes estar seguro, es una hembra noble.

EL MARQUÉS *(a las dos mujeres)*: ¡Quedaos un poco más! ¡No os vayáis todavía!

LA MADRE *(tímidamente)*: No, no, no... Tenemos que ir a vísperas... ¡Vamos, niña!

(Hacen una inclinación y se alejan.)

EL MARQUÉS: Dios mío, Marquesa, ¿quiénes son esas mujeres?

LA POSADERA: Son las criaturas más felices que conozco. ¿Habéis reparado en esa paz? ¿Esa serenidad? Al parecer es de sabios vivir retirado.

EL MARQUÉS: Marquesa, me llenaría de remordimientos si nuestra ruptura os condujera a esos tristes extremos.

LA POSADERA: ¿Y preferiríais que volviese a abrir mi puerta al condesito?

EL MARQUÉS: ¿Al tapón? Pues naturalmente.

LA POSADERA: ¿Me lo aconsejáis?

EL MARQUÉS: Sin duda alguna.

(La Posadera baja del estrado.)

LA POSADERA *(a Jacques* y *a su Amo, indignada):* ¿Lo oyen ustedes? *(Toma un vaso de la mesa y bebe. Después se sienta en el borde del estrado. El Marqués se sienta a su lado. La Posadera prosigue:)* ¡Cómo me envejecen estas cosas! Cuando la vi por primera vez, no medía más de tres palmos.

EL MARQUÉS: ¿Habláis de la hija de esa dama?

LA POSADERA: Sí. Y me sentía como una rosa mustia al lado de una rosa en flor. ¿Os habéis fijado en ella?

EL MARQUÉS: Por supuesto.

LA POSADERA: ¿Cómo la encontráis?

EL MARQUÉS: Parece una virgen de Rafael.

LA POSADERA: ¡Qué mirada!

EL MARQUÉS: ¡Qué voz!

LA POSADERA: ¡Qué piel!

EL MARQUÉS: ¡Qué porte!

LA POSADERA: ¡Qué sonrisa!

JACQUES: ¡Santo Dios, Marqués! Si seguís así, nunca saldréis de ésta.

LA POSADERA *(a Jacques):* ¡Ya lo creo que no se saldrá de ésta!

(Se levanta, toma un vaso y bebe.)

EL MARQUÉS: ¡Qué cuerpo!

(*Tras esas palabras, se levanta y sale describiendo un arco de círculo en el estrado.*)

LA POSADERA *(a Jacques y a su Amo):* Ha mordido el anzuelo.

JACQUES: Posadera, esa Marquesa es un monstruo.

LA POSADERA: ¡Y el Marqués! ¡Sólo tenía que dejar de amarla!

JACQUES: Posadera, seguramente no conoce usted esa bonita fábula de la Vaina y el Cuchillo.

EL AMO: ¡Nunca me la has contado!

Escena 6

El Marqués vuelve, describiendo un semicírculo, hacia la Posadera y empieza a hablarle con voz suplicante:

EL MARQUÉS: ¿Qué, Marquesa, habéis visto a vuestras amigas?

LA POSADERA *(a Jacques* y *a su Amo):* ¿Lo ven como se ha prendado?

EL MARQUÉS: ¡No está bien que hagáis eso! Son tan pobres y vos ni siquiera las invitáis a vuestra mesa...

LA POSADERA: Las he invitado, pero en vano. Y que no os extrañe: si llegan a saber que frecuentan mi casa dirán que Madame de La Pommeraye las protege, y ya no podrían vivir de la caridad.

EL MARQUÉS: ¿Cómo? ¿Viven de la caridad?

LA POSADERA: Sí, de la caridad de la parroquia.

EL MARQUÉS: ¡Son amigas vuestras y viven de la caridad!

LA POSADERA: ¡Ah, Marqués! Nosotros, las gentes de mundo, estamos muy lejos de comprender la delicadeza de las almas piadosas. No aceptan ayuda de cualquiera. Sólo de manos puras e intachables.

EL MARQUÉS: ¿Sabéis que he intentado visitarlas?

LA POSADERA: Os arriesgaríais a perderla. ¡Con los encantos de esa joven bastaría para dar que hablar!

EL MARQUÉS *(con un suspiro):* Es cruel...

LA POSADERA *(en tono pérfido):* Sí, cruel, ésta es la palabra.

EL MARQUÉS: Marquesa, os burláis de mí.

LA POSADERA: Más bien procuro evitaros una pena. ¡Porque, Marqués, os estáis buscando grandes tormentos! ¡No iréis a confundir a esa joven con las mujeres que habéis conocido! Ésta no se dejará tentar. ¡No lograréis vuestros fines!

(El Marqués se aleja hacia el fondo de la escena con aire abrumado.)

JACQUES: Esa Marquesa es mala.

LA POSADERA *(a Jacques):* No defienda a los hombres, señor Jacques. ¿Ha olvidado hasta qué punto amaba Madame de La Pommeraye al Marqués? Sigue locamente enamorada de él. ¡Cada palabra del Marqués es para ella como una puñalada en el corazón! ¿Acaso no ve que lo que se prepara es un infierno para los dos?

(El Marqués vuelve en semicírculo hacia la Posadera. La Posadera levanta los ojos hacia él.)

LA POSADERA: ¡Dios mío! ¡Qué mal aspecto tenéis!

EL MARQUÉS *(caminando arriba y abajo por la escena):* Estoy embrujado. Ya no puedo resistirlo. No puedo dormir. No puedo comer. Durante quince días he bebido como una cuba, después he sido tan piadoso como un monje para poder entreverla en la iglesia... ¡Marquesa, haced que pueda volver a verla! *(La Marquesa lanza un suspiro.)* ¡Sois mi única amiga!

LA POSADERA: De buena gana os ayudaría, Marqués, pero es difícil. No quiero que ella se imagine que soy vuestra cómplice...

EL MARQUÉS: ¡Por favor, os lo suplico!

LA POSADERA *(imitándole)*: ¡Os lo suplico...! ¡Y a mí qué me importa que estéis enamorado o no! ¿Por qué habré de complicarme la vida? Arreglároslas solo.

EL MARQUÉS: ¡Os lo ruego! Si me abandonáis, estoy perdido. ¡Si no es por mí, pensad en ellas! Tenéis que saber que ya no respondo de mí. ¡Derribaré su puerta, y no sabéis de lo que soy capaz!

LA POSADERA: Está bien..., como queráis. Pero, al menos, dadme tiempo para prepararlo todo...

(En el fondo de la escena, los criados colocan una mesa y sillas. El Marqués sale...)

Escena 7

LA POSADERA *(hacia el fondo de la escena, por donde se ve entrar a la Madre y a la Hija):* Muy bien, vengan, vengan. Tomen asiento conmigo y empezaremos. *(Se sientan a la mesa, en el fondo del escenario. Hay ahora dos mesas en el escenario: la de abajo, ocupada por Jacques* y *su Amo,* y *la del estrado.)* Cuando llegue el Marqués, vamos todas a simular una gran sorpresa. No olvidéis vuestro papel.

JACQUES *(gritando a la Posadera):* ¡Posadera! ¡Esa mujer es una perra!

LA POSADERA *(sentada a la mesa de arriba, a Jacques, sentado en la mesa de abajo):* ¿Y el Marqués, señor Jacques? ¿Es un ángel tal vez?

JACQUES: ¿Y por qué tendría que ser un ángel? ¿Acaso el hombre no tiene más opciones que la de ser ángel o bestia? Seguramente sería algo más sensata si conociese la fábula de la Vaina y del Cuchillo.

EL MARQUÉS *(acercándose a las mujeres fingiendo sorpresa):* ¡Oh!... ¡Me parece que molesto!

LA POSADERA *(igualmente sorprendida):* Bueno, realmente... No os esperábamos, señor Marqués...

EL AMO: ¡Qué farsantes!

LA POSADERA: Pero puesto que estáis aquí, vais a cenar con nosotras.

(El Marqués besa la mano de las damas y se sienta.)

JACQUES: Estoy seguro de que eso no os divertirá mucho. Os contaré la fábula de la Vaina y el Cuchillo.

EL MARQUÉS *(interviniendo en la discusión de las damas):* Estoy totalmente de acuerdo. ¿Qué son los placeres de la vida? Polvo y humo. ¿Sabéis cuál es el hombre al que más admiro?

JACQUES: ¡No le escuchéis, señor!

EL MARQUÉS: ¿No lo sabéis, señoras? Pues es san Simeón el Estilita. Mi santo patrón.

JACQUES: La fábula de la Vaina y del Cuchillo es la moral de todas las morales y el fundamento de todas las ciencias.

EL MARQUÉS: ¡Imaginaos, señoras! ¡Cuarenta años de su vida rogando a Dios encima de una columna de cuarenta metros de altura!

JACQUES: Escuchad. Un día, la Vaina y el Cuchillo se enfadaron y se tiraron los trastos a la cabeza. El

Cuchillo le dijo a la Vaina: Vaina, amor mío, eres una cerda, cada día recibes a un cuchillo nuevo. Y la Vaina le respondió al Cuchillo: Cuchillo, amor mío, eres un cerdo, porque cada día cambias de vaina.

EL MARQUÉS: Imaginaos, señoras mías, ¡cuarenta años de su vida encima de una columna de cuarenta metros de altura!

JACQUES: Esa discusión empezó en la mesa. Y el que estaba sentado entre la Vaina y el Cuchillo tomó la palabra: Mi querida Vaina, y tú, mi querido Cuchillo, hacéis muy bien en cambiar de cuchillos y vainas, pero cometisteis un error fatal el día en que os prometisteis mutuamente no cambiar. ¿Acaso no sabes tú, Cuchillo, que Dios te ha hecho para que penetres en varias vainas?

LA HIJA: ¿Y tenía realmente cuarenta metros de altura esa columna?

JACQUES: Y tú, Vaina, ¿no has comprendido que Dios te ha hecho para muchos cuchillos?

(El Amo ha escuchado a Jacques sin mirar al estrado. Después de estas últimas palabras, se ríe.)

EL MARQUÉS *(con amorosa ternura):* Sí, niña mía. Cuarenta metros de altura.

LA HIJA: ¿Y Simeón no tenía vértigo?

EL MARQUÉS: No. No tenía vértigo. ¿Y sabéis por qué, mi querida niña?

LA HIJA: No.

EL MARQUÉS: Porque desde lo alto de su columna, jamás miró hacia abajo. Miraba perpetuamente hacia Dios, hacia lo alto. Y el que mira hacia lo alto nunca puede tener vértigo.

LAS DAMAS *(asombradas):* ¡Es verdad!

EL AMO: ¡Jacques!

JACQUES: Sí.

EL MARQUÉS *(despidiéndose de las damas):* Ha sido para mí un gran honor. *(Se aleja.)*

EL AMO *(divertido):* Tu fábula era inmoral. La rechazo, la niego y la declaro nula e inexistente.

JACQUES: ¡Pero os ha gustado!

EL AMO: ¡No se trata de eso! ¿A quién no le gustaría? ¡Claro que me ha gustado!

(En el fondo de la escena, los criados se llevan la mesa y las

sillas. Jacques y el Amo miran de nuevo hacia el estrado. El Marqués se acerca a la Posadera.)

Escena 8

LA POSADERA: Bueno, Marqués, ¿podíais encontrar en toda Francia a una mujer que hiciera por vos los que hago yo?

EL MARQUÉS: *(arrodillándose ante ella):* Sois mi única amiga...

LA POSADERA: Cambiemos de tema. ¿Qué cuenta vuestro corazón?

EL MARQUÉS: O consigo a esa niña o reviento.

LA POSADERA: Me sentiría muy feliz de salvaros la vida.

EL MARQUÉS: Sé que esto os irritará, pero tengo que confesároslo: les he enviado una carta. Y un estuche de joyas. Pero me han devuelto las dos cosas.

LA POSADERA *(severamente):* El amor os corrompe, Marqués. ¿Qué os han hecho esas pobres mujeres para que las mancilléis así? ¿Creéis que la virtud se compra con joyas?

EL MARQUÉS *(que sigue de rodillas):* Perdonadme.

LA POSADERA: Os había prevenido. Pero sois incorregible.

EL MARQUÉS: Querida amiga. Quiero hacer el último intento. Voy a convertirlas en propietarias de una de mis casas de la ciudad y de otra en el campo. Les daré la mitad de todo lo que poseo.

LA POSADERA: Haced lo que queráis... Pero el honor no tiene precio. Conozco a esas mujeres.

(Se aleja del Marqués; éste permanece de rodillas en el escenario. Por el lado opuesto del escenario, entra la Madre, se adelanta hasta la Posadera y se arrodilla ante ella.)

LA MADRE: ¡Ah, señora Marquesa! ¡Permitidnos no rechazar esos regalos! ¡Una fortuna tan grande! ¡Una riqueza tan grande! ¡Un honor tan grande!

LA POSADERA *(a la Madre, que sigue de rodillas):* ¿Acaso creen que lo que hago lo hago por su felicidad? Rechacen inmediatamente los obsequios del Marqués.

JACQUES: Pero ¿qué más quiere esa mujer?

LA POSADERA *(a Jacques):* ¿Lo que quiere? Desde luego, no se trata de beneficiar a esas dos mujeres. ¡No son nada para ella, señor Jacques! *(A la Madre:)* ¡O me obedece o la devuelvo a su burdel!

(Le vuelve la espalda y se encuentra cara a cara con el Marqués, todavía arrodillado.)

EL MARQUÉS: ¡Ay, querida amiga, teníais razón! Lo han rechazado. Estoy desesperado. ¿Qué debo hacer? Ah, Marquesa, ¿sabéis lo que he decidido? ¡Casarme con ella!

LA POSADERA *(fingiendo sorpresa):* Marqués, ése es un asunto grave que requiere reflexión.

EL MARQUÉS: ¿Para qué reflexionar? No puedo ser más desgraciado de lo que soy ahora.

LA POSADERA: Con calma, Marqués. Puesto que se trata de toda vuestra vida, no hay que precipitarse. *(Fingiendo reflexionar:)* Esas mujeres son virtuosas, no cabe duda. Su corazón es puro como el cristal... Tal vez tengáis razón. La pobreza no es un vicio.

EL MARQUÉS: Id a verlas, os lo ruego. Y comunicadles mi intención.

(La Posadera se vuelve hacia el Marqués y le tiende la mano; éste se incorpora y los dos quedan de pie, frente a frente; la Marquesa sonríe.)

LA POSADERA: Muy bien, os lo prometo.

EL MARQUÉS: Gracias.

LA POSADERA: ¿Qué no haría yo por vos?

EL MARQUÉS *(presa de una euforia repentina):* Pero decidme, vos que sois mi única amiga verdadera, ¿por qué no os casáis vos también?

LA POSADERA: ¿Con quién, Marqués?

EL MARQUÉS: Con el condesito.

LA POSADERA: ¿Ese enano?

EL MARQUÉS: Tiene fortuna, ingenio...

LA POSADERA: ¿Y quién me garantiza su fidelidad? ¿Vos quizás?

EL MARQUÉS: De la fidelidad de un marido se prescinde fácilmente.

LA POSADERA: No, no, yo no. A mí me ofendería. Y, además, soy vengativa.

EL MARQUÉS: De acuerdo, si sois vengativa, pues nos vengaremos. No estaría del todo mal. ¿Sabéis qué haremos? Alquilaremos un palacio para los cuatro y seremos más felices que un trébol de cuatro hojas.

LA POSADERA: Sí, eso no estaría del todo mal.

EL MARQUÉS: Si vuestro enano os molesta, lo pondremos en un jarrón en vuestra mesilla de noche.

LA POSADERA: Vuestra proposición me gusta mucho, pero no me caso. El único hombre con quien podría casarme...

EL MARQUÉS: ¿Soy yo?

LA POSADERA: Ahora ya puedo confesároslo sin temor.

EL MARQUÉS: ¿Y por qué no me lo habéis dicho antes?

LA POSADERA: Por lo visto, hice muy bien. La que habéis elegido os conviene mucho más que yo.

(La Hija, con un vestido blanco de novia, se acerca lentamente desde el fondo del escenario. El Marqués la ve y se adelanta a su encuentro, como hechizado.)

EL MARQUÉS: Marquesa, os estaré agradecido hasta la muerte...

(Se adelanta lentamente al encuentro de la Hija. Se abrazan y permanecerán largo tiempo el uno en los brazos del otro.)

Escena 9

La Posadera, mientras el Marqués y la Hija prolongan su abrazo, se dirige muy despacio, caminando hacia atrás, al otro extremo del estrado, sin quitarles los ojos de encima; después, llama al Marqués.

LA POSADERA: ¡Marqués!

(El Marqués apenas presta atención a sus palabras: sigue abrazando a la Hija.)

LA POSADERA: ¡Marqués! *(El Marqués apenas vuelve la cabeza.)* ¿Estáis satisfecho de vuestra noche de boda?

JACQUES: ¡Dios mío! ¡Y cómo!

LA POSADERA: Pues me alegro. Bueno, ahora escuchadme. Teníais una mujer honesta que no supisteis conservar. Esa mujer era yo. *(Jacques se echa a reír.)* Me he vengado haciendo que os casarais con una pájara digna de vos. ¡Id a la calle de Hamburgo y allí os enteraréis de cómo vuestra esposa se ganaba la vida! ¡Vuestra esposa y vuestra suegra! *(La hostelera se ríe con carcajadas satánicas.)*

(La Hija se arroja a los pies del Marqués.)

EL MARQUÉS: Infame, infame...

LA HIJA *(a los pies del Marqués):* Señor, pisoteadme, aplastadme...

EL MARQUÉS: Apartaos, infame...

LA HIJA: Haced de mí lo que deseéis...

LA POSADERA: ¡Corred, Marqués! ¡Corred a la calle de Hamburgo! Y que coloquen allí una placa conmemorativa: «Aquí hizo de puta la Marquesa des Arcis».

(La Posadera suelta una carcajada satánica.)

LA HIJA *(en el suelo, a los pies del Marqués):* Señor, tened piedad de mí...

(El Marqués la rechaza con el pie, la Hija intenta retenerle por la pierna, pero él se aleja. La Hija queda en el suelo.)

JACQUES: ¡Cuidado, patrona! ¡Éste no puede ser el final de la historia!

LA POSADERA: Claro que lo es. No se atreva a añadirle nada.

(Jacques salta al estrado y se detiene en el lugar donde, un instante antes, estaba el Marqués: la Hija le abraza las piernas.)

LA HIJA: Señor Marqués, os lo suplico, ¡dejadme al menos la esperanza de vuestro perdón!

JACQUES: Levantaos.

LA HIJA *(en el suelo, sujetándole por las piernas):* Haced de mí lo que queráis. Me someteré a todo.

JACQUES *(con voz sincera y conmovida):* Os digo que os levantéis. *(La Hija no se atreve a levantarse.)* ¡Tantas chicas honestas han pasado a ser mujeres deshonestas! ¿Por qué por una vez no podría producirse lo contrario? *(Tiernamente:)* Por lo demás, estoy convencido de que la corrupción no ha hecho sino rozaros. Que nunca os ha alcanzado. Levantaos. ¿No me oís? Os he perdonado. En el peor momento de la vergüenza, no he dejado de ver en vos a mi esposa. Sed honesta, sed fiel y haced que yo también lo sea. No os pido nada más. Levantaos, esposa mía. ¡Señora Marquesa, levantaos! ¡Levantaos, Madame des Arcis!

(La Hija se levanta, estrecha a Jacques en sus brazos y le besa con locura.)

LA POSADERA *(gritando desde el otro lado del escenario):* ¡Es una puta, Marqués!

JACQUES: Cerrad el pico, Madame de La Pommeraye! *(A la Hija:)* Os he perdonado y deseo que sepáis que no me arrepiento de nada. Esta mujer *(señalando a la Posadera)*, en lugar de vengarse, me ha prestado un inmenso servicio. ¿Acaso no sois vos más joven que ella, más hermosa y cien veces más servicial? Nos iremos juntos al campo y pasaremos allí unos años maravillosos. *(Atraviesa con ella el estrado, luego se gira hacia la Posadera, abandonando el papel de Marqués:)* y debo decirle, Posadera, que han sido muy felices. Porque no existe nada cierto en este mundo y las cosas cambian de sentido según sople el viento. Y el viento sopla sin cesar y usted lo sabe. Y el viento sopla y la felicidad se vuelve desgracia y la venganza recompensa, y una chica ligera de cascos se convierte en una mujer fiel, que no admite comparación alguna...

Escena 10

Durante las últimas frases de Jacques, la Posadera ha bajado del estrado y se ha sentado a la mesa en que se halla el Amo de Jacques; el Amo la tiene sujeta por la cintura y bebe con ella...

EL AMO: Jacques, ¡no me gusta el modo en que has terminado esta historia! Esa muchacha no merecía convertirse en marquesa. ¡Me recuerda terriblemente a Agathe! Las dos son unas horribles tramposas.

JACQUES: ¡Os equivocáis, señor!

EL AMO: ¿Cómo? ¿Equivocarme yo?

JACQUES: Os equivocáis, y mucho.

EL AMO: ¿Va un tal Jacques a darme lecciones y a explicar si yo, su amo, me equivoco o no?

(Jacques deja a la Hija, quien se retira durante la continuación del diálogo, y baja de un salto el estrado.)

JACQUES: Yo no soy un tal Jacques. Recordad, señor, que me habéis llamado amigo.

EL AMO *(bromeando con la Posadera):* Cuando yo quiera llamarte amigo serás mi amigo. Y cuando te llame un tal Jacques, serás un tal Jacques. Porque allá arriba, ¡ya sabes dónde, allá arriba!, como diría tu capitán, allá arriba está escrito que yo soy tu amo. Y te ordeno que reniegues del final de esta historia que no me gusta, como tampoco le gusta a Madame de La Pommeraye, a quien venero *(abrazando a la Posadera)* porque es una noble dama que tiene un espléndido culo...

JACQUES: ¿Creéis realmente, Amo, que Jacques puede renegar de la historia que ha contado?

EL AMO: ¡Si su amo así lo quiere, Jacques renegará de su historia!

JACQUES: ¡Me gustaría ver eso, señor!

EL AMO *(siempre bromeando con la Posadera):* Si Jacques sigue obstinándose, su Amo va a enviarle al establo para que duerma con las cabras.

JACQUES: ¡No iré!

EL AMO *(abrazando a la Posadera):* Irás.

JACQUES: No iré.

EL AMO *(aullando):* Irás.

LA POSADERA: Señor, ¿podríais hacer algo por la dama a la que acabáis de abrazar?

EL AMO: Todo lo que esa dama quiera.

LA POSADERA: Dejad de pelearos con vuestro servidor. Reconozco que es bastante insolente, pero creo que necesitáis precisamente a un criado como él. Está escrito allá arriba que no podéis prescindir el uno del otro.

EL AMO *(a Jacques):* ¿Lo has oído, lacayo? Madame de La Pommeraye dice que nunca me desharé de ti.

JACQUES: Os vais a deshacer de mí, Amo, porque me voy a dormir al establo con las cabras.

EL AMO *(levantándose):* ¡No irás!

JACQUES: ¡Iré! *(Sale lentamente.)*

EL AMO: ¡No irás!

JACQUES: ¡Iré!

EL AMO: ¡Jacques! *(Jacques sale lentamente, cada vez más lentamente.)* ¡Querido Jacques! *(Jacques sale.)* Mi querido amigo Jacques... *(El Amo corre tras él, le sujeta por el brazo.)* Bien, ¿no lo has oído? ¿Qué haría yo sin ti?

JACQUES: Bueno. Pero, para evitar otras discusiones, deberíamos ponernos de acuerdo de una vez por todas sobre algunos principios.

EL AMO: Estoy de acuerdo.

JACQUES: ¡Estipulemos! Teniendo en cuenta que está escrito allá arriba que os soy indispensable, abusaré de ello cada vez que se me presente la ocasión.

EL AMO: ¡Esto no está escrito allá arriba!

JACQUES: Todo esto fue estipulado mientras nuestro amo nos inventaba.. Él fue quien decidió que vos tendríais la apariencia y que yo tendría la sustancia. Que vos daríais las órdenes, pero yo elegiría cuáles. Que vos tendríais el poder, pero yo la influencia.

EL AMO: Pues, si es así, cambiemos, ocupo yo tu lugar.

JACQUES: No ganaríais con ello. Perderíais la apariencia y no tendríais la sustancia. Perderíais el poder sin tener la influencia. Seguid siendo, señor, lo que sois. Si sois un buen amo, un amo obediente, nada os parecerá ya mal.

LA POSADERA: Amén. Ya es noche cerrada y está escrito allá arriba que hemos bebido mucho y que vamos a acostarnos.

(Telón.)

Tercer acto

Escena 1

La escena está totalmente vacía; el Amo y Jacques están en el proscenio.

EL AMO: Pero, dime, ¿dónde están nuestros caballos?

JACQUES: Dejad de hacer preguntas estúpidas, señor.

EL AMO: ¡Esto es absurdo! ¡Como si un francés pudiese recorrer Francia a pie! ¿Conoces tú al que se permitió reescribir nuestra historia?

JACQUES: Un imbécil, señor. Pero ahora que nuestra historia está reescrita, no podemos cambiar nada más.

EL AMO: ¡Que perezcan todos aquellos que se permiten reescribir lo que ya estaba escrito! ¡Que sean empalados y quemados a fuego lento! ¡Que sean castrados y que les corten las orejas! Me duelen los pies.

JACQUES: Señor, a los que reescriben jamás se les quema y todo el mundo les cree.

EL AMO: ¿Crees que creerán al que ha reescrito nuestra historia? ¿Que no van a mirar en el «texto» para ver quiénes somos realmente?

JACQUES: Señor, muchas otras cosas se han reescrito además de nuestra historia. Todo lo que ha ocurrido ha sido ya reescrito centenares de veces y a nadie se le ha pasado por la cabeza comprobar lo que había ocurrido en realidad. La historia de los hombres ha sido reescrita tantas veces que la gente ya no sabe quién es.

EL AMO: Me espantas. Entonces, ¿esa gente *(señalando al público)* creerá que nosotros ni siquiera hemos tenido caballos y que hemos tenido que recorrer nuestra historia como unos desarrapados?

JACQUES *(señalando al público):* ¿A ésos? ¡A ésos se les puede hacer creer cualquier cosa!

EL AMO: Veo que hoy estás de mal humor. Deberíamos habernos quedado en la Posada del Gran Ciervo.

JACQUES: No tenía nada en contra.

EL AMO: De todos modos... Esa mujer no nació en una posada. Te lo digo yo.

JACQUES: ¿Dónde, entonces?

EL AMO *(pensativo):* No lo sé. Pero esa dicción, ese porte...

JACQUES: Me parece, señor, que os estáis enamorando.

EL AMO *(encogiéndose de hombros):* Si estuviera escrito allá arriba... *(Tras una pausa:)* Lo cual me recuerda que tú aún no has terminado de contarme cómo te enamoraste.

JACQUES: No deberíais haber dado ayer prioridad a la historia de Madame de La Pommeraye.

EL AMO: Ayer di preferencia a una gran dama. Tú nunca entenderás nada de la galantería. Pero, puesto que ahora estamos solos, te doy prioridad.

JACQUES: Os lo agradezco, señor. Pues bien, escuchad. Cuando perdí mi virginidad, me emborraché. Cuando me emborraché, mi padre me atizó una paliza. Cuando mi padre me hubo atizado una paliza, me alisté...

EL AMO: ¡Te repites, Jacques!

JACQUES: ¿Yo? ¿Repetirme? Señor, no hay nada más vergonzoso que repetirse. Es algo que no deberíais haberme dicho. Os aseguro que no volveré a abrir la boca hasta el final de la función.

EL AMO: Jacques, te lo ruego.

JACQUES: Me rogáis, me rogáis, pero ¿me lo rogáis de verdad?

EL AMO: Sí.

JACQUES: Muy bien. ¿Por dónde iba?

EL AMO: Tu padre te atizó una paliza. Te alistaste y, finalmente, te encontraste en una casucha en la que te atendieron y donde estaba aquella mujer tan guapa con aquel gran culo... *(Interrumpiéndose:)* Jacques... Escucha, Jacques... Dímelo francamente... pero francamente de verdad, ¿me entiendes?... ¿Es cierto que esa mujer tenía un gran culo, o sólo lo dices por complacerme?

JACQUES: ¿A qué vienen esas preguntas inútiles, señor?

EL AMO *(melancólico):* No tenía un gran culo, ¿verdad?

JACQUES *(tiernamente):* No hagáis preguntas, señor. Ya sabéis que no me gusta mentir.

EL AMO *(melancólico):* De modo que me has inducido a error, Jacques.

JACQUES: No me lo reprochéis.

EL AMO *(con nostalgia):* No te lo reprocho, amigo Jacques. Lo hiciste por mi bien.

JACQUES: Sí, señor. Sé cuánto os gustan las mujeres que tienen un gran culo...

EL AMO: Eres bueno. Eres un buen sirviente. Los sirvientes deben ser buenos y decirles a sus amos lo que sus amos quieren oír. Nada de verdades inútiles, Jacques.

JACQUES: No temáis nada, señor. A mí no me gustan las verdades inútiles. No conozco nada más estúpido que una verdad inútil.

EL AMO: ¿Por ejemplo?

JACQUES: Por ejemplo, que somos mortales. O que este mundo está podrido. Como si no lo supiéramos. Y ya conocéis a esos hombres que entran como héroes en escena y que exclaman: «¡Este mundo está podrido!». El público aplaude, pero no es eso lo que le interesa a Jacques, porque Jacques lo sabía doscientos, cuatrocientos, ochocientos años antes que ellos, y mientras ellos exclaman que este mundo está podrido, Jacques prefiere inventar para complacer a su amo...

EL AMO:... a su podrido amo...

JACQUES:... a su podrido amo, mujeres con grandísimos culos, tal como le gustan a su amo.

EL AMO: Sólo yo y el que está por encima de nosotros sabemos que eres el mejor sirviente de todos los sirvientes que jamás hayan servido.

JACQUES: Pues entonces no hagáis más preguntas, no intentéis saber la verdad y escuchadme: ella tenía un gran culo... Un momento, ¿de cuál estoy hablando?

EL AMO: De la que estaba en la casucha donde te atendieron.

JACQUES: Ah, sí. Pasé allí una semana en la cama, mientras los médicos se bebieron todo su vino, de tal manera que mis bienhechores trataron de deshacerse de mí lo antes posible. Por fortuna, uno de los médicos que me atendían era curandero en el castillo y su mujer intercedió en mi favor: me llevaron a su casa.

EL AMO: Entonces no hubo nada entre tú y esa hermosa mujer de la casucha.

JACQUES: No.

EL AMO: ¡Qué lástima! ¡En fin! Y la mujer del médico, la que intercedió en tu favor, ¿cómo era?

JACQUES: Rubia.

EL AMO: Como Agathe.

JACQUES: Con largas piernas.

EL AMO: Como Agathe. ¿Y el culo?

JACQUES: ¡Así, Señor!

EL AMO: ¡Exactamente igual que Agathe! *(Con indignación:)* ¡Ah, mala mujer! ¡Yo me habría comportado con ella con bastante más severidad que el Marqués des Arcis con aquella pequeña farsante! ¡Y muy distinto a Diantre hijo con Justine!

(Hace un tiempo que Saint-Ouen ha entrado y escucha con interés la conversación de Jacques y *de su Amo.)*

SAINT-OUEN: ¿Y por qué no hicisteis nada?

JACQUES *(a su Amo):* ¡Ya le estáis oyendo, se burla de vos! Es un cerdo, señor, ya os lo dije la primera vez que me hablasteis de él...

EL AMO: Admito que es un cerdo, pero de momento

no ha hecho otra cosa que lo que tú hiciste con tu amigo Diantre.

JACQUES: Aun así, está muy claro que él es un cerdo y yo no.

EL AMO *(impresionado por la veracidad de esta observación):* Es cierto. Los dos habéis seducido a las mujeres de vuestros mejores amigos. Y, sin embargo, él es un cerdo y tú no. ¿Cómo se explica eso?

JACQUES: No lo sé. Pero me parece que en este enigma se oculta una profunda verdad.

EL AMO: ¡Sin duda, y sé cuál es! Lo que os diferencia no son vuestros actos, ¡son vuestras almas! Tú, después de haberle puesto los cuernos a tu amigo Diantre, te emborrachaste de tristeza.

JACQUES: No quisiera desilusionaros. Pero no me emborraché de tristeza, sino de felicidad...

EL AMO: ¿No te emborrachaste porque estabas triste?

JACQUES: Es feo, señor, pero es así.

EL AMO: Jacques, ¿podrías hacer algo por mí?

JACQUES: ¿Por vos? Todo lo que queráis.

EL AMO: Convengamos en que te emborrachaste de tristeza.

JACQUES: Si así lo deseáis, señor...

EL AMO: Lo deseo.

JACQUES: Sea, señor. Me emborraché de tristeza.

EL AMO: Te lo agradezco. Quiero que te diferencies lo más posible de ese cerdo *(al decir estas palabras, se vuelve hacia Saint-Ouen, quien sigue en el estrado)* que, por otra parte, no se contentó en absoluto con ponerme los cuernos...

(El Amo sube al estrado.)

Escena 2

SAINT-OUEN: ¡Amigo mío! ¡Ahora hay que pensar en la venganza! ¡Esa miserable nos ofendió a los dos y nos vengaremos juntos!

JACQUES: Sí, lo recuerdo. Ahí habíamos quedado. Pero ¿y vos, señor, qué le vais a responder a esa rata?

EL AMO *(girándose hacia Jacques desde lo alto del estrado, en un tono patético* y *lamentable):* ¿Yo? ¡Mírame Jacques, amigo mío, mírame y llora por mi suerte! *(A Saint-Ouen:)* Escuchad, Saint-Ouen. Olvidaré vuestra traición con una condición.

JACQUES: ¡Bravo, mi Amo, no os dejéis engañar!

SAINT-OUEN: Haré cualquier cosa. ¿Debo arrojarme por una ventana? *(El Amo sonríe* y *calla.)* ¿Colgarme? *(El Amo calla.)* ¿Ahogarme? *(El Amo calla.)* ¿Hundirme este cuchillo en el pecho? ¡Sí, sí! *(Se abre la camisa* y *apunta el cuchillo a su pecho.)*

EL AMO: Dejad ese cuchillo. *(Le arranca el cuchillo de las manos.)* Primero beberemos un trago y luego os diré con qué terrible condición os perdonaré... ¡De modo que Agathe es una mujer muy voluptuosa!

SAINT-OUEN: ¡Ah, si pudieseis saberlo como lo sé yo!

JACQUES *(a Saint-Ouen)*: ¿Tiene piernas largas?

SAINT-OUEN *(a Jacques, a media voz):* Ni eso.

JACQUES: ¿Y un hermoso gran culo?

SAINT-OUEN *(con el mismo juego):* Escurrido.

JACQUES *(a su Amo):* Veo que sois un soñador, señor, y por ello os aprecio aún más.

EL AMO *(a Saint-Ouen):* Te diré cuál es mi condición. Vaciaremos esta botella y después me hablarás de Agathe. Me dirás cómo es en la cama, qué dice. Cómo se mueve. Qué hace. Sus suspiros. Tú contarás, nosotros beberemos, y yo imaginaré...

(Saint-Ouen se calla y mira al amo de Jacques.)

EL AMO: ¿Qué, estás de acuerdo? ¿Qué pasa? ¡Habla! *(Saint-Ouen calla.)* ¿Me oyes?

SAINT-OUEN: Sí.

EL AMO: ¿Lo harás?

SAINT-OUEN: Sí.

EL AMO: Entonces, ¿por qué no bebes?

SAINT-OUEN: Te miro.

EL AMO: Ya lo veo.

SAINT-OUEN: Tenemos la misma altura. En la oscuridad, pueden confundirnos al uno con el otro.

EL AMO: ¿En qué estás pensando? ¿Por qué no me lo

cuentas? ¡Estoy deseando imaginar! ¡Maldita sea, ya no aguanto más, Saint-Ouen! Quiero que me lo cuentes.

SAINT-OUEN: ¿Me pedís, amigo mío, la descripción de una de mis noches con Agathe?

EL AMO: ¡Tú no sabes lo que es la pasión! ¡Sí, te lo pido! ¿Es demasiado exigir?

SAINT-OUEN: Al contrario. Es poca cosa. Pero ¿qué te parecería si, en lugar de la descripción de la noche, te consiguiera la noche a secas?

EL AMO: ¿La noche a secas? ¿Una noche de verdad?

SAINT-OUEN *(sacando dos llaves del bolsillo):* La pequeña es la de la entrada de la calle, la grande la de la antecámara de Agathe. Te explicaré cómo lo hago yo, mi querido amigo, desde hace seis meses. Me paseo por la calle hasta que en la ventana aparece un tiesto de albahaca. Entonces abro la puerta de la casa y la cierro en silencio. En silencio, subo. En silencio, abro la puerta de Agathe. Al lado de la alcoba hay un pequeño vestidor, y allí es donde me desnudo. Agathe deja entreabierta la puerta de su alcoba y, en la oscuridad, me aguarda en su cama.

EL AMO: ¿Y me cederíais vuestro lugar?

SAINT-OUEN: De todo corazón. Pero tengo un pequeño deseo...

EL AMO: ¡Bien, dilo!

SAINT-OUEN: ¿Puedo?

EL AMO: Naturalmente, sólo deseo complaceros.

SAINT-OUEN: Sois el mejor amigo del mundo.

EL AMO: No peor que vos. Veamos, ¿qué puedo hacer por vos?

SAINT-OUEN: Quisiera que permanecierais entre sus brazos hasta la mañana. Yo llegaría como si no supiera nada y os sorprendería.

EL AMO *(con una risita sorprendida):* ¡Una excelente idea! Pero ¿no es demasiado cruel?

SAINT-OUEN: No tanto. Más bien divertido. Antes me desnudaré en el vestidor y cuando vaya a sorprenderos estaré...

EL AMO: ¡Totalmente desnudo! ¡Sois un maldito vicioso! Pero ¿es eso factible? Sólo tenemos un juego de llaves...

SAINT-OUEN: Entraremos juntos en la casa. Nos desnudaremos a la vez en el vestidor y vos iréis a su cama. Y, cuando queráis, me hacéis una señal ¡y no tendré más que reunirme con vos!

EL AMO: ¡Es una excelente idea!

SAINT-OUEN: ¡Es divina! ¿Estáis de acuerdo?

EL AMO: ¡Totalmente! Pero...

SAINT-OUEN: ¿Pero?...

EL AMO: Bueno..., comprended..., no, no, estoy totalmente de acuerdo. Pero, ¿sabéis?, la primera vez preferiría estar solo..., más adelante, podríamos...

SAINT-OUEN: Ah, ya entiendo, veo que queréis que nos venguemos más de una vez.

EL AMO: Es una venganza tan deleitable...

SAINT-OUEN: Eso seguro. *(Señala el fondo del escenario donde Agathe está acostada en un escalón. El Amo se adelanta hacia ella como embrujado y Agathe le tiende los brazos...)* ¡Cuidado, despacio, toda la casa duerme! *(El Amo se acuesta al lado de Agathe y la toma en sus brazos...)*

JACQUES: Os felicito, señor, pero temo por vos.

SAINT-OUEN *(desde el estrado, a Jacques)*: Amigo mío, según todas las normas, un criado debería alegrarse al ver a su amo burlado.

JACQUES: Mi amo es una buena persona y me obedece. No me gusta que los demás amos, que no son buenas personas, le jueguen malas pasadas.

SAINT-OUEN: Tu amo es un cretino y merece la suerte de los cretinos.

JACQUES: En ciertos aspectos, mi amo es quizás un imbécil. Pero he encontrado en su estupidez una placentera sabiduría que en vano buscaría en vuestro refinado ingenio.

SAINT-OUEN: ¡Tú, un criado, enamorado de su amo! ¡Fíjate bien en cómo terminará para él esta aventura!

JACQUES: De momento, es feliz y me alegro por ello.

SAINT-OUEN: ¡Espera un poco!

JACQUES: Digo que de momento es feliz y que no necesita nada más. ¿Qué más podemos pedir que ser felices por el lapso de un instante?

SAINT-OUEN: ¡Pagará caro ese instante de felicidad!

JACQUES: ¿Y si experimentara en este momento tanta felicidad que todas las desventuras que usted le ha preparado apenas puedan pesar en la balanza?

SAINT-OUEN: Muérdete la lengua, criado. Si creyese que le brindo a ese imbécil un placer más intenso que el tormento que le seguirá, hundiría de verdad este cuchillo en mi pecho. *(Saint-Ouen empieza a gritar en dirección a los bastidores:)* ¡Eh, vosotros! ¿A qué esperáis? ¡Está a punto de amanecer!

Escena 3

Se oye mucho barullo y gritos. Gente que se precipita hacia el escalón donde el Amo de Jacques y Agathe siguen enlazados. Entre la multitud están el padre y la madre de Agathe en camisón y un comisario de policía.

EL COMISARIO: ¡Señoras, caballeros, silencio, el delito es flagrante! El señor ha sido cogido con las manos en la masa. Por lo que yo sé, se trata de un aristócrata y de un hombre honrado. Espero que repare su falta por sí solo antes de verse obligado a ello por la ley.

JACQUES: ¡Dios mío, señor, os han atrapado!

EL PADRE DE AGATHE *(reteniendo por la fuerza a la madre, que pretende golpear a su hija):* Déjala. Todo se arreglará como mejor se pueda...

LA MADRE DE AGATHE *(al Amo de Jacques):* Teníais un aspecto tan honrado, ¿quién iba a decir que seríais capaz de...?

EL COMISARIO *(al Amo de Jacques, quien, entretanto, se ha levantado del escalón):* Sígame, Señor.

EL AMO: ¿Y adónde piensa llevarme?

EL COMISARIO *(llevándose al Amo):* A la cárcel.

JACQUES *(estupefacto):* ¿A la cárcel?

EL AMO *(a Jacques)*: Sí, amigo Jacques, a la cárcel... *(El Comisario se aleja. El pequeño grupo que se ha formado alrededor del escalón desaparece. El Amo queda solo en el estrado. Saint-Ouen se precipita hacia él.)*

SAINT-OUEN: ¡Ah, amigo mío, amigo mío! ¡Esto es abominable! ¡Vos, en la cárcel! Pero ¿cómo es posible? He estado en casa de Agathe; sus padres no querían siquiera hablarme. Saben que sois mi único amigo y me han acusado de ser responsable de su desgracia. Agathe ha estado a punto de sacarme los ojos. La comprendéis, sin duda...

EL AMO: Pero, Saint-Ouen, de vos depende sacarme de este lío.

SAINT-OUEN: ¿Y cómo?

EL AMO: ¿Cómo? Diciendo las cosas como son.

SAINT-OUEN: Sí, ya he amenazado con ello a Agathe. Pero no puedo hacerlo. Imaginaos qué pareceríamos... ¡Además, es por culpa vuestra!

EL AMO: ¿Culpa mía?

SAINT-OUEN: Sí, culpa vuestra. Si hubieseis aprobado la pequeña marranada que os propuse, Agathe habría sido sorprendida entre dos hombres y todo esto habría terminado en una broma. ¡Pero fuisteis muy egoísta, amigo mío! ¡Quisisteis disfrutar solo!

EL AMO: ¡Saint-Ouen!

SAINT-OUEN: Así es, amigo mío. Sois castigado por vuestro egoísmo.

EL AMO *(en tono de reproche):* ¡Amigo mío!

(Saint-Ouen da media vuelta y sale precipitadamente.)

JACQUES *(a su Amo, gritando):* ¡Me cago en Dios! ¿Cuándo dejaréis de llamarle vuestro amigo? Está claro para todos que este individuo os ha tendido una trampa y que él mismo os ha denunciado. ¡Pero siempre seréis ciego! ¡Y yo seré el hazmerreír público, porque mi amo es un imbécil!

Escena 4

EL AMO *(se gira hacia Jacques y, durante la continuación del diálogo, baja del estrado):* ¡Si sólo fuese un imbécil, mi pobre Jacques! Pero tu amo es, además, muy desgraciado, y eso es peor. He salido de la cárcel, pero he tenido que pagar considerables sumas para indemnizar el ultraje hecho al honor de una señorita...

JACQUES *(consolador):* Podría haber terminado aún peor, señor. Imaginaos que esa chica hubiera estado embarazada.

EL AMO: Lo has adivinado.

JACQUES: ¿Cómo?

EL AMO: Sí.

JACQUES: ¿Estaba preñada? *(El Amo asiente; Jacques le abraza.)* ¡Amo, pobrecito Amo! Ahora ya sé cuál es el peor final que puede imaginarse para una historia.

(Durante toda esta escena, el diálogo entre Jacques y *su Amo está impregnado de una tristeza real y exenta de toda comedia.)*

EL AMO: No sólo tuve que pagar por el honor de esa pequeña zorra, sino que, además, fui condenado a hacerme cargo de los gastos del parto, así como de la manutención y educación de un crío que se parece de una manera repugnante a mi amigo Saint-Ouen.

JACQUES: Ahora ya lo sé. El peor final para una historia humana es un crío. Ese siniestro punto final de una aventura. Esa mancha al final del amor. ¿Y qué edad puede tener vuestro hijo, señor?

EL AMO: Pronto cumplirá los diez años. Le he tenido todo este tiempo en el campo y aprovecho nuestro viaje para detenerme en casa de esa gente, pagarles por última vez lo que les debo y llevar a ese mocoso a que aprenda un oficio.

JACQUES: Recordad que al principio ellos me preguntaron *(señala al público)* adónde íbamos, y yo les respondí: ¿Acaso se sabe adónde se va? Sin embargo, vos sabíais muy bien adónde íbamos, mi pobre y triste Amo.

EL AMO: Quiero que sea relojero. O ebanista. Mejor ebanista. Torneará a perpetuidad patas de silla y tendrá hijos que harán más patas de silla y más hijos, y éstos engendrarán a su vez multitudes de hijos y de sillas...

JACQUES: El mundo quedará atestado de sillas, y ésa será vuestra venganza.

EL AMO *(con una amarga repugnancia):* La hierba ya no crecerá, las flores dejarán de florecer, sólo habrá por todas partes niños y sillas.

JACQUES: Niños y sillas, sólo niños y sillas, es una horrible imagen del futuro. ¡Qué suerte, señor! Nosotros moriremos a tiempo.

EL AMO *(pensativamente):* Así lo espero, Jacques, porque algunas veces me siento angustiado ante la idea de esa continua repetición de niños, sillas y de todas las cosas... ¿Sabes?, anoche, al oír la historia de Madame de La Pommeraye, me dije: ¿no se trata siempre de la misma e inmutable historia? Porque, al fin y al cabo, Madame de La Pommeraye no es sino una réplica de Saint-Ouen. Y yo no soy más que otra versión de tu pobre amigo Diantre, y Diantre no es sino el complemento del engañado Marqués. Y no veo ninguna diferencia entre Justine y Agathe, y Agathe es un duplicado de esa putita con la que el Marqués se vio finalmente obligado a casarse.

JACQUES *(pensativamente):* Sí, señor, es como una noria. Sabéis, mi abuelo, el que me ponía una mordaza en la boca, leía todas las noches la Biblia, pero no siempre le gustaba, decía que hasta la Biblia se repite constantemente y que el que se repite toma por imbéciles a los que le escuchan. Y yo me pregunto, señor, si el que ha escrito allá arriba todo esto no se ha repetido también increíblemente, si no nos ha tomado por imbéciles... *(Jacques se calla y el Amo, triste, no responde; un silencio; luego, Jacques se esfuerza por reconfortar a su Amo.)* Dios mío, señor, no os pongáis tan triste, haré lo que sea para distraeros. ¿Sabéis qué, mi querido Amo?, os contaré el modo en que me enamoré.

EL AMO *(melancólico):* Cuenta, amigo Jacques.

JACQUES: Cuando perdí mi virginidad, me emborraché.

EL AMO: Sí, eso ya lo sé.

JACQUES: Bueno, no os enfadéis. Pasaré sin transición a la mujer del cirujano.

EL AMO: ¿Fue de ella de quien te enamoraste?

JACQUES: No.

EL AMO *(mira a su alrededor con repentina desconfianza):* Entonces, ahórramela y ve al grano.

JACQUES: ¿Por qué tenéis tanta prisa, señor?

EL AMO: Algo me dice, Jacques, que ya no nos queda mucho tiempo.

JACQUES: Me asustáis, señor.

EL AMO: Algo me dice que deberías apresurarte a terminar esta historia.

JACQUES: Muy bien, señor. Estaba desde hacía ya una semana en casa del cirujano cuando pude hacer mi primera salida.

(Jacques está pendiente de su relato y mira más al público que a su Amo, que se interesa cada vez más por el paisaje.)

JACQUES: Hacía un hermoso día y yo cojeaba mucho todavía...

EL AMO: Creo, Jacques, que estamos llegando al pueblo donde vive mi bastardo.

JACQUES: ¡Me interrumpís, señor, en el mejor momento! Yo todavía cojeaba y aún me dolía la rodilla, pero hacía un hermoso día, lo estoy viendo como si fuese hoy.

(En el primer plano del escenario, al borde mismo, aparece Saint-Ouen. No ve al Amo, pero el Amo sí le ve a él y le mira. Jacques está girado hacia el público y enteramente absorto en su relato.)

JACQUES: Era en otoño, señor, los árboles eran multicolores, el cielo estaba azul y yo caminaba por un sendero del bosque cuando vi a una joven que venía a mi encuentro. Os agradecería que no me interrumpierais. De modo que hacía un hermoso día y la joven era hermosa. Sobre todo no me interrumpáis, señor. Ella venía a mi encuentro, lentamente, y yo la miraba y ella me miraba y tenía un hermoso rostro melancólico, señor, tenía un rostro melancólico y tan hermoso...

SAINT-OUEN *(descubre por fin al Amo y se sobresalta)*: Sois vos, amigo mío...

(El Amo saca su espada; Saint Ouen le imita.)

EL AMO: ¡Sí, soy yo! Tu amigo, el mejor amigo que jamás hayas tenido! *(Se lanza sobre él, y los dos hombres luchan.)* ¿Qué haces aquí? ¿Has venido a ver a tu hijo? ¿Has venido a ver si está bien cebado? ¿Has venido a asegurarte de que te lo engordo bien?

JACQUES *(observando con espanto la lucha):* ¡Cuidado, señor, poneos en guardia!

(El duelo no dura mucho tiempo, y Saint-Ouen, tocado, se desploma. Jacques se inclina sobre él.)

JACQUES: Creo que está listo. ¡Ah, señor, creo que esto no debería haber sucedido!

(Jacques está inclinado sobre el cadáver de Saint-Ouen y unos campesinos acuden al escenario.)

EL AMO: ¡Jacques, larguémonos, pronto! *(Y sale corriendo del escenario...)*

Escena 5

Jacques no ha conseguido huir. Varios campesinos se han apoderado de él y le atan las manos a la espalda. Jacques, con las manos atadas, se encuentra en el proscenio y el juez le mira de arriba abajo.

EL JUEZ: ¡Bueno, amigo, qué dices tú a esto! Irás a la cárcel, serás juzgado y después colgado.

JACQUES *(de pie en el proscenio, con las manos atadas a la espalda):* Sólo puedo deciros lo que decía mi capitán: que todo lo que ocurre aquí abajo está escrito allá arriba.

EL JUEZ: Es una gran verdad...

(Sale lentamente con los campesinos y Jacques permanece solo en el escenario durante todo el siguiente monólogo:)

JACQUES: Pero evidentemente podemos preguntarnos cuál es el precio de lo que está escrito allá arriba. ¡Ah, mi Amo! ¿Creéis que es sensato que yo acabe mis días ahorcado, porque estabais enamorado de esa idiota de Agathe? Y jamás sabréis cómo me enamoré. Aquella hermosa muchacha melancólica era la sirvienta del castillo, y fui empleado en el castillo como criado, pero jamás sabréis el final de la historia, porque me van a ahorcar, se llamaba Denise y yo la quería mucho, después no volví a enamorarme nunca de nadie, pero sólo nos vimos durante quince días, ¿podéis imaginároslo, señor?, sólo quince días, quince días porque mi amo de entonces, que era mi amo y también el amo de Denise, me traspasó al conde de Boulay, quien me traspasó luego a su hermano mayor el Capitán, quien me traspasó a su sobrino el Abogado general de Toulouse, quien después me traspasó al conde de Trouville, luego el conde de Trouville me traspasó a la Marquesa de Belloy, la que se escapó de Londres con un inglés y eso organizó un bonito escándalo, pero, antes de huir, tuvo tiempo de recomendarme al capitán de Marty, sí, señor, el mismo que decía que todo está escrito allá arriba, y el capitán de Marty me traspasó al señor Hérissant, quien me hizo entrar en casa de la señorita Isselin, a quien vos entreteníais, señor, pero que os irritaba porque era delgada e histérica, y mientras ella os irritaba, yo os distraía con mis parloteos y os encariñasteis de mí y me habríais sin duda alimentado en mi vejez, porque me lo habíais prometido y sé que habríais mantenido vuestra palabra, nunca nos habríamos separado, fuimos creados el uno para el otro. Jacques para su Amo, su Amo para Jacques. ¡Y henos ahora separados a causa de semejante estupidez! ¡Qué importa, Dios mío, que os dejaseis engañar por ese cerdo! ¿Por qué habré de ser ahorcado por tener vos buen corazón y mal gusto? ¡Cuántas estupideces están escritas allá arriba! ¡Oh, señor, el que ha escrito allá arriba nuestra historia debe ser un poeta muy malo, el peor de los poetas malos, el rey, el emperador de los malos poetas!

DIANTRE HIJO *(ha aparecido en el proscenio durante las últimas frases de Jacques; mira a éste con un aire interrogativo, y le llama):* ¿Jacques?

JACQUES *(sin mirarle):* ¡Dejadme en paz!

DIANTRE HIJO: ¿Eres tú, Jacques?

JACQUES: ¡Dejadme todos en paz! ¡Estoy hablando con mi Amo!

DIANTRE HIJO: ¡Pero, por Dios, Jacques! ¿No me reconoces?

(Toma a Jacques por un brazo y le da la vuelta hacia él.)

JACQUES: Diantre...

DIANTRE HIJO: ¿Por qué te han atado las manos?

JACQUES: Porque van a ahorcarme.

DIANTRE HIJO: ¿Ahorcarte? ¡No..., amigo mío! ¡Por fortuna todavía hay aquí abajo amigos que se acuerdan de sus amigos! *(Desata las cuerdas que sujetaban las manos de Jacques; le hace girar hacia él y le abraza; Jacques, entre los brazos de Diantre, suelta una sonora carcajada.)* ¿Por qué te ríes?

JACQUES: Acabo de insultar a un mal poeta por ser tan mal poeta y he aquí que se apresura a enviarte para corregir su mal poema, ¡y te aseguro, Diantre, que ni siquiera el peor de los poetas habría podido inventar un final más alegre para su mal poema!

DIANTRE HIJO: No sabes lo que dices, amigo mío, pero ¿qué importa? Yo nunca te he olvidado. ¿Te acuerdas del granero? *(Ríe a su vez y da una palmada en la espalda de Jacques; Jacques también ríe.)* ¿Lo ves? *(Señala los escalones, al fondo del escenario.)* ¡Eso no es un granero, viejo amigo! ¡Es una capilla! ¡Es el templo de la fiel amistad! ¡Jacques, no tienes ni idea de la felicidad que nos proporcionaste! Te alistaste en el ejército, ¿recuerdas?, y un mes más tarde supe que Justine...

(Hace una pausa cargada de sentido.)

JACQUES: ¿Que Justine...?

DIANTRE HIJO: Que Justine... *(Otra pausa elocuente.)* ...iba a tener... *(Un silencio.)* ...¡Bueno! ¡Adivina!... Un hijo.

JACQUES: ¿Y os disteis cuenta un mes después de que yo me alistara?

DIANTRE HIJO: Mi padre ya no podía decir nada. Tuvo que consentir en que me casara con Justine y nueve meses después... *(Pausa elocuente.)*

JACQUES: ¿Qué era?

DIANTRE HIJO: ¡Un varón!

JACQUES: ¿Y está bien?

DIANTRE HIJO *(con orgullo):* ¡Muy bien! ¡Le hemos llamado Jacques en tu honor! Y no sé si me creerás, pero se parece un poco a ti. ¡Tienes que venir a verlo! ¡Justine se volverá loca de alegría!

JACQUES *(dándose la vuelta):* Mi querido Amo, nuestras aventuras son ridículamente semejantes...

(Diantre se lleva consigo a Jacques alegremente; salen.)

Escena 6

EL AMO *(entra en el escenario vacío; parece desgraciado y llama a Jacques):* ¡Jacques! ¡Mi amigo Jacques! *(Mira a su alrededor.)* Desde que te perdí, el escenario está desierto como el mundo y el mundo está desierto como un escenario vacío... ¡Cuánto daría yo para que me contases de nuevo la fábula de la Vaina y el Cuchillo! Es una fábula asquerosa. Por eso la negaba, la rechazaba, la declaraba nula e inexistente, para que tú pudieras volver a empezarla y contarla siempre como si fuese la primera vez... ¡Ah, mi querido Jacques, si pudiera negar también la historia de Saint-Ouen!... Pero sólo son rechazables tus hermosas historias y mi estúpida aventura es irrevocable y en ella estoy hasta el cuello y en ella estoy sin ti y sin aquellos soberbios culos que evocabas únicamente con el movimiento natural de tus labios deliciosamente elocuentes... *(Empieza a recitar con voz soñadora, como si recitase alejadrinos:)* ¡Aquellos culos redondos y torneados como una luna llena! *(Con su voz normal:)* Pero, de todos modos, tenías razón. Nunca se sabe adónde se va. Creía que iba a volver a ver a mi bastardo y fui a perder para siempre a mi querido Jacques.

JACQUES *(acercándose desde el otro lado del escenario):* Mi querido Amo...

EL AMO *(se gira, asombrado):* ¡Jacques!

JACQUES: Sabéis muy bien lo que decía la Posadera, aquella noble hembra con un culo majestuoso: no podemos vivir el uno sin el otro. *(El Amo es presa de una viva emoción; cae en brazos de Jacques, quien le consuela.)* ¡No, no, eso no, decidme más bien adónde vamos!

EL AMO: ¿Acaso se sabe adónde se va?

JACQUES: Nadie nunca sabe nada.

EL AMO: Nadie.

JACQUES: Entonces, guiadme.

EL AMO: ¿Cómo puedo guiarte si no se sabe adónde se va?

JACQUES: Como está escrito allá arriba. Sois mi Amo y estáis obligado a guiarme.

EL AMO: Sí, pero olvidas lo que está escrito un poco más adelante. Sí, es el Amo quien da las órdenes, pero es Jacques quien las elige. ¡De modo que espero!

JACQUES: Bueno. Entonces quiero que me guiéis hacia adelante...

EL AMO *(mirando a su alrededor, muy molesto):* Estoy dispuesto, pero ¿dónde es adelante?

JACQUES: Voy a revelaros un gran secreto. Una secular astucia de la humanidad. Adelante es por todas partes.

EL AMO *(echando a su alrededor una mirada circular):* ¿Por todas partes?

JACQUES *(describiendo un círculo con un gran movimiento del brazo):* ¡Por todas partes, allí dondequiera que miréis, es adelante!

EL AMO *(sin entusiasmo):* ¡Pero eso es magnífico, Jacques! ¡Magnífico! *(Gira lentamente sobre sí mismo.)*

JACQUES *(con melancolía):* Sí, Señor, yo también encuentro esto muy bonito.

EL AMO *(tras un breve juego de escena, tristemente):* Bueno, Jacques, ¡adelante!

(Se dirigen de través hacia el fondo de la escena...)

(Telón.)

Praga, julio de 1971

Variaciones sobre el arte de la variación

El propio Milan Kundera presenta su libro como una «variación» sobre Jacques el Fatalista. El libro de la risa y el olvido *(1979) había introducido ya en la literatura esa noción de «variación», que el autor había tomado de la música, y más particularmente de Beethoven. Mientras la sinfonía, escribía el narrador de la sexta parte del* Libro, *es una «epopeya musical», es decir, una suerte de «viaje a través del infinito del mundo exterior», las variaciones serían más bien la exploración de otro espacio, un viaje a «la infinita diversidad del mundo interior», pues sus ejes son la concentración, la reanudación, la profundización, como una paciente perforación que, en la materia misma de lo similar, abriese incansables galerías en un punto fijo, siempre el mismo, pero inaccesible si no es merced a esa aproximación múltiple y siempre repetida. Así, añadía Kundera,* El libro de la risa y el olvido *no es sino una serie de variaciones: «Las diferentes partes se suceden como las diferentes etapas de un viaje que conduce al interior de un tema, al interior de un pensamiento, al interior de una sola y única situación cuya comprensión se pierde para mí en la inmensidad», en suma, una inagotable variación sobre Tamina.*

Ahora bien, pese a ser también Jacques y su amo *una variación, lo es en un sentido ligeramente distinto. Se diría, por conservar la analogía musical, que si* El libro de la risa y el olvido *se asemeja, por ejemplo, a las 14 variaciones opus 44 en mi bemol mayor de Beethoven,* Jacques y su amo *se acercaría más bien, pongamos, a las 12 variaciones del opus 66 sobre el tema* «Ein Mädchen oder Weibchen» *de* La flauta mágica, *pues la diferencia que quiero señalar reside sobre todo en el hecho de que, por un lado, el tema es «inventado» u «original», mientras que, por otro, está simplemente tomado de la obra de un predecesor. Así pues, en este segundo caso habría, amén de las variaciones propiamente dichas (en plural), una variación (en singular) original, es decir, en el punto de partida, una suerte de imitación inspiradora.*

Por ligera que parezca, dicha diferencia no deja de ser sumamente significativa. En el arte de las variaciones existe ya lo que yo denominaría una modestia radical o, cuando menos, una reserva en cuanto a la importancia del sacrosanto «contenido» de la obra, reducido entonces a un tema de apenas unos compases, pues lo esencial reside más bien en la elaboración, en la profundización de esa pequeña parcela. Pero cuando ese mismo tema no es inventado, cuando está simplemente «imitado» de la obra de otro, lo esencial resalta con mucha mayor claridad.

*

Lo esencial, me refiero al caso de las 12 variaciones del opus 66, el encuentro entre Beethoven y Mozart, el hecho de que, en una frase de uno, el otro encuentre una melodía que se transforma totalmente en la suya propia. Y del mismo modo, en este librito, al margen del diálogo entre el criado y su amo, surgido él mismo del diálogo entre Diderot y Sterne, tiene lugar un magnífico diálogo entre Kundera y Diderot, entre el checo del siglo XX y el francés del XVIII, entre el teatro y la novela, y precisamente ahí, en esa infinita conversación, en ese intercambio de voces y pensamientos, es donde se plasma excelsamente la literatura.

Digo bien: intercambio. Porque, si en las 12 variaciones Mozart presta su voz a Beethoven, se produce asimismo el préstamo inverso, y ya no escucharé del mismo modo el dúo entre Pamina y Papageno, enriquecido en lo sucesivo por las variaciones futuras de Beethoven. Tal sucede con la novela de Diderot, que recibe de Kundera tanto como éste le da. La coherencia propia del texto de Kundera, en efecto, esa puesta en escena desdoblada, que hace sincoparse, por ejemplo, los papeles de la posadera y de Madame de La Pommeraye, o los de Jacques y el marqués des Arcis, ese decorado casi totalmente vacío, poblado tan sólo con las palabras de los actores, ese acento puesto en la semejanza entre las aventuras respectivas de Jacques y su amo; en suma, esa lectura teatralizada contribuye a la propia coherencia de la novela de Diderot, la revela, la profundiza, la hace existir con mayor intensidad.

En ese sentido, podríamos afirmar que el texto de Kundera y la idea que nos propone ilustran magníficamente el ideal mismo de toda lectura crítica («Cuando leo», decía Jacques Brault, «un poco como un músico o un actor, interpreto el texto, lo represento sobre mí, en mí»), si no temiésemos dar con ello una falsa idea de Jacques y su amo. *Porque éste no tiene nada de comentario, nada sobre todo de «adaptación» o de* rewriting, *como no tiene nada de un estudio. Es, en el sentido estricto del término, una creación.*

Pero si la novela de Diderot recibe de la obra de Kundera luz y como un refuerzo de significado, lo más hermoso tal vez es esa confianza que muestra Kundera por la obra de su predecesor y de la que da fe la escritura de Jacques y su amo: *confianza, es decir, consentimiento y respeto; conciencia –al tiempo que se remodela a partir del otro– de seguir siendo él mismo, de descubrir su propio rostro en la evocación de los rasgos del otro, y de crear a la par que admira.*

Podríamos discurrir largo y tendido al respecto. Pero no haríamos sino repetir más imperfectamente lo que Jacques Brault, en los pasajes en prosa de sus Poèmes des quatre côtés, *ha dicho ya de la «notraducción», que es, en el fondo, otro modo de describir lo que Kundera designa aquí con el nombre de variación. «Notraducir es fidelidad que aspira a la infidelidad.»*

*

A veces me da la impresión de que existe una moral de las variaciones, incluso una metafísica. *Pero se trataría de una moral y de una metafísica singularmente* irónicas, *donde quizá se reflejaría uno de los significados (o «antisignificados») fundamentales de toda la obra de Kundera, y que se formularía (puesto que es preciso hacerlo) en los términos siguientes: lo* único *es una trampa, siempre formamos parte de una* serie, *es decir, somos siempre menos peculiares de lo que creemos, y lo malo proviene de la búsqueda obsesiva de la diferen-*

cia. La originalidad es una ilusión, una mera secuela de la adolescencia, una forma de pretensión (véase La vida está en otra parte, *o Litost en* El libro de la risa y el olvido). *Por ello la única auténtica libertad nace con la conciencia de la repetición, la única libertad es también la única sabiduría.*

¿Qué descubría el narrador, Ludvik, en La broma *sino el carácter ilusorio de su venganza, es decir, de su deseo de unicidad? Y esa especie de humildad que, al final de la novela, le movía a unirse a la pequeña orquesta del pueblo, cuyo arte se limitaba tan sólo a producir infinitas variaciones sobre temas folclóricos, ¿qué contenía sino la sonrisa de aquel que ha dejado de aferrarse a la singularidad de su destino? Es asimismo lo que Jan, al final de* El libro de la risa y el olvido, *estará a punto de descubrir: «La repetición es un modo de hacer que la frontera sea visible»; la frontera, es decir, la línea de conciencia más allá de la cual «suena la risa». Y en* Jacques y su amo, *es también al final cuando el Amo confiesa a Jacques:*

«Algunas veces me siento angustiado ante la idea de esa continua repetición de niños, de sillas y de todas las cosas... ¿Sabes?, anoche, al oír la historia de Madame de La Pommeraye, me dije: ¿no se trata siempre de la misma e inmutable historia? Porque, al fin y al cabo, Madame de La Pommeraye no es sino una réplica de Saint-Ouen. Y yo no soy más que otra versión de tu amigo Diantre, y Diantre no es sino el complemento del engañado Marqués. Y no veo ninguna diferencia entre Justine y Agathe, y Agathe es un duplicado de esa putilla con la que el Marqués se vio finalmente obligado a casarse».

«Sí, señor», contesta Jacques, «es como una noria.» Y añade: «Y yo me pregunto si el que ha escrito allá arriba todo esto no se ha repetido también increíblemente, si no nos ha tomado por imbéciles...». Pero el imbécil, ¿no les parece?, es sobre todo el que no quiere ver la universal repetición y, al igual que los jóvenes amantes de Mozart, cree descabelladamente que puede romper el encadenamiento de la infinita Variación.

Pero, como siempre, habrá de tener razón don Alfonso: così fan tutte...

François Ricard
Montreal, noviembre de 1981

Transcripción lúdica

Distingamos dos cosas: por un lado, la tendencia general a rehabilitar principios olvidados de la música del pasado, tendencia que atraviesa toda la obra de Stravinski y la de sus grandes contemporáneos; por otro, el diálogo directo que Stravinski sostiene unas veces con Chaikovski, otras con Pergolesi, otras aun con Gesualdo, etc.; esos «diálogos directos», transcripciones de esta o aquella obra antigua, de tal o cual estilo concreto, son la manera propia de Stravinski, que no encontramos prácticamente en otros compositores contemporáneos suyos (los encontramos en Picasso).

Adorno interpreta así las transcripciones de Stravinski (las cursivas son mías): «Estas notas [o sea las notas disonantes, ajenas a la armonía, que Stravinski emplea, por ejemplo, en *Polichinela,* M.K.] se convierten en las huellas de la *violencia* que ejerce el compositor sobre el idioma, y esta *violencia* es la que saboreamos en ellas, esa forma de *brutalizar* la música, de *atentar en cierto modo contra su vida.* Si la disonancia fue antaño expresión del sufrimiento subjetivo, su aspereza, al cambiar de valor, se convierte ahora en la impronta de una *coacción social,* cuyo agente es el compositor que lanza modas. Sus obras no contienen más materiales que los emblemas de esta *coacción,* necesidad exterior al tema, sin parangón con él, y que le es simplemente impuesta desde fuera. Puede que la amplia resonancia que han conocido las obras neoclásicas de Stravinski se deba en gran parte al hecho de que, inconscientemente, y bajo la forma de esteticismo, *educaron a su modo a los hombres en algo que pronto iba a serles metódicamente infligido en el plano político*».

Recapitulemos: una disonancia se justifica si es la expresión de un «sufrimiento subjetivo», pero en la obra de Stravinski (moralmente culpable, como sabemos, de no hablar de sus sufrimientos) la misma disonancia es señal de brutalidad; se la compara (mediante un brillante cortocircuito del pensamiento adorniano) con la brutalidad política: así pues, los acordes disonantes añadidos a la música de un Pergolesi anuncian (y por lo tanto preparan) la próxima opresión política (lo cual, en el contexto histórico concreto, no podía significar sino una cosa: el fascismo).

Yo mismo tuve la experiencia de transcribir libremente una obra del pasado, al comienzo de los años setenta, cuando, estando todavía en Praga, me puse a escribir una variación teatral sobre *Jacques el Fatalista.* Como Diderot era para mí la encarnación del espíritu libre, racional, crítico, viví entonces mi afecto por él como una nostalgia de Occidente (la ocupación rusa de mi país representaba para mí una desoccidentalización impuesta). Pero las cosas cambian perpetuamente de sentido: hoy diría que Diderot encarnaba para mí el primer tiempo del arte de la novela y que mi obra de teatro era la exaltación de algunos principios comunes a los antiguos novelistas, a quienes, al mismo tiempo, yo apreciaba: 1) la eufórica libertad de la composición; 2) la constante proximidad de las historias libertinas y de las reflexiones filosóficas; 3) el carácter no serio, irónico, paródico, chocante, de estas mismas reflexiones. La regla del juego estaba clara: lo que hice no era una *adaptación* de Diderot, era una obra mía, mi *variación* sobre Diderot, mi homenaje a Diderot: recompuse totalmente su novela; aun cuando las historias de amor están tomadas de las suyas, las reflexiones en los diálogos son más bien mías; cualquiera puede descubrir inmediatamente que hay frases impensables en Diderot; el siglo XVIII era optimista, el mío ya no lo es, yo mismo lo soy aún menos, y los personajes del Amo y de Jacques se entregan en mi obra a oscuros excesos difícilmente imaginables en el Siglo de las Luces.

Después de esta experiencia personal no puedo por menos que considerar como necios los comentarios sobre la brutalización y la violencia de Stravinski. Él amó a su viejo maestro como yo al mío. Tal vez imaginara que, al añadir a las melodías del siglo XVIII las disonancias del XX, intrigaría a su maestro en el más allá, le revelaría algo importante sobre nuestra época, incluso le divertiría. Sentía la necesidad de dirigirse a él, de hablarle. La *transcripción lúdica* de una obra antigua era para él algo así como una forma de establecer una comunicación entre los siglos.

[Fragmento de *Los testamentos traicionados* (1979), de Milan Kundera, ensayo publicado por Tusquets Editores, colección Marginales 130 y colección Fábula 219]

Nota del autor sobre la historia de *Jacques y su amo*

Probablemente escribí *Jacques y su amo* en 1971 (digo «probablemente» porque nunca he llevado diario alguno) con la vaga idea de que un teatro checo podría representarlo bajo nombre supuesto. Eso dije en mi *Introducción* de 1981. Debido a una obligada discreción, no pude entonces añadir que esa «vaga idea» se había llevado a cabo en diciembre de 1975, seis meses después de abandonar yo el país: mi amigo Evald Schorm (una de las personalidades más sólidas de la joven generación de cine checo de los años sesenta) prestó su nombre a la obra y la puso en escena en un teatro de provincias. El subterfugio pasó desapercibido a la policía y, hasta 1989, la obra recorrió en distintas giras todo el país, e incluso se representó con frecuencia en Praga.

En 1972, un joven director francés, Georges Werler, me visitó en Praga y se llevó mi *Jacques* a París, donde, transcurridos nueve años, en 1981, lo dirigió en el Théâtre des Mathurins. Ese mismo año, la versión francesa de mi obra apareció en la colección Le Manteau d'Arlequin, publicada por Gallimard (cuando se reeditó en 1990, volví a revisarla de cabo a rabo), con una nota final de François Ricard y con mi prólogo *Introducción a una variación*. Esta última es una reflexión sobre *Jacques el Fatalista* (a mi juicio, una de las obras señeras de la historia de la novela), y al mismo tiempo un documento sobre el estado de ánimo de un escritor checo, todavía conmocionado por el impacto de la invasión. «*Frente a la eternidad de la noche rusa...*» Aún ignoraba que esa eternidad sólo había de durar ya ocho años.

Cuando uno hace predicciones, siempre se equivoca. Sin embargo, nada hay tan auténtico como esos errores: en las ideas que se forja la gente sobre su futuro reside la esencia existencial de su situación histórica del momento. Si vivimos la invasión rusa de 1968 como una tragedia, no fue porque la persecución fuese tan cruel, sino porque estábamos convencidos de que todo (todo, es decir, la propia esencia del país, su occidentalidad) se había perdido para siempre. Me parece en extremo revelador que, sumido en esa desesperación, un escritor checo, del modo más espontáneo, buscase consuelo, apoyo, aliento, precisamente en esa novela tan libre, tan poco seria, de Diderot. (Tras mi llegada a París me di cuenta de que mi entusiasmo por esa novela no sólo resultaba revelador sino desconcertante: *Jacques el Fatalista* está sorprendentemente subestimada en su patria, al igual que toda la tradición rabelaisiana de la que es deudora.)

Jacques y su amo ha sido traducida a muchas lenguas (unas veces según el texto checo, otras según el francés), interpretada numerosas veces en Europa, en Norteamérica (Simon Callow la dirigió en Los Ángeles, Susan Sontag en Boston) e incluso en Australia. Sólo he visto unas cuantas representaciones; entre ellas, la de Zagreb (en 1980) y la de Ginebra (en 1982) me encantaron. Un día, la interpretación oscura y alambicada que hizo de ella un teatro belga me hizo comprender el malentendido al que puede conducir mi principio de variación. Los directores que tienen inclinaciones grafómanas (¿existe alguno hoy en día que no las tenga?) deben de pensar: «Si Kundera se permitió hacer una variación sobre la novela de Diderot, ¿por qué no vamos a hacer nosotros una variación libre de su variación?». Es el modo más seguro de montar un galimatías.

Cuando comprendí la inquebrantable desenvoltura de los hombres de teatro con respecto a los textos dramáticos, deseé a mi obra más lectores que espectadores. Ya sólo di carta libre a los teatros de aficionados (la obra ha sido representada por decenas de teatros de estudiantes en América). La escasez de medios económicos es para mí la garantía de que la puesta en escena será cuando menos sencilla. En arte, en efecto, nada comete tan desastrosos estropicios como la abundancia de dinero en manos de un sofisticado estúpido.

A finales de 1989 concluyó *«la eternidad de la noche rusa»* y, desde entonces, *Jacques y su amo* se representó en numerosos teatros checos y eslovacos (sólo en Praga, con tres montajes diferentes). Con una comprensión que fue para mí un regalo. ¡Y con qué humor, con qué melancólico humor! (En Bratislava, la obra lleva años en repertorio, con los únicos grandes actores cómicos que conozco: Lasica y Satinsky.) No deja de ser extraño: inspirado directamente por la literatura francesa, tal vez he escrito, sin saberlo, mi texto más profundamente checo.

(Añadido en el último momento: muy recientemente, la obra se representó en Moscú. De modo excelente, según me han dicho. Una vez más, he pensado en mi fórmula de la *Introducción*: *«la eternidad de la noche rusa»*. Y he oído que Jacques me decía: «Querido amito, nunca se sabe adónde se va».)

París, 1998

MAXI
TUSQUETS
EDITORES